kodansha

小説 七つの大罪《たいざい》 —外伝— 七《なな》色の追憶

松田朱夏
原作・イラスト　鈴木央

序 ―― Prologue

北方の海に浮《う》かぶ大きな島は、いつの頃《ころ》からか、ブリタニアの名で呼ばれていた。

かの島では、その豊穣《ほうじょう》な大地に満ちた魔力《まりょく》をめぐり、好戦的な魔神族と他の種族との間に争いが絶えなかった。

やがて激しい戦いの末、女神族《めがみぞく》の指揮の下《もと》、巨人族《きょじんぞく》・妖精族《ようせいぞく》・人間族が力を合わせ、魔神族を封印《ふういん》することでようやく平和が訪《おとず》れたという。

だが、そのために女神族もまた力を失って地上から姿を消し、巨人族と妖精族も数を大《おお》幅《はば》に減らしてしまった。代わりに勢力を増し、地上の支配者となった人間たちも、魔力を使う能力は衰《おとろ》え、今は一部の魔術士や、聖騎士《せいきし》と呼ばれる存在が、その力を細々と伝えるのみである。

そして、三千年の月日が流れ――人々の記憶《きおく》から真実は失われた。

ただ一つの古詩を残して。

―天を流星が十字に斬《き》り裂《さ》く時
ブリタニアを至大の脅威《きょうい》が見舞《みま》う
それは古《いにしえ》より定められし試練にして
光の導き手と黒き血脈の
聖戦の始まりの兆《きざ》しとならん

ついに――予言は現実となり、天を十字に斬り裂く流星雨が降《ふ》った。

三千年前に蒔《ま》かれた、たくさんの火種が次々に燃え広がり、封印《ふういん》を解かれた魔神《まじん》たちがよみがえる。

再びブリタニアは、血みどろの戦いの時代へと逆戻《ぎゃくもど》りするのかと思われた。

だが、そうはさせじと魔神たちに立ち向かう者がいる。

奇《く》しき運命によって選ばれた〈七つの大罪〉と呼ばれる、七人の強者《つわもの》。

そして、彼《かれ》らとともに戦おうと集《つど》う聖騎士《せいきし》たち。

愛する者を守るため、彼《かれ》らは戦いに挑《いど》む。
万に一つも勝ち目のない道を、光を求めてあがき続ける。

これから語るのは、そんな勇者たちの、つかの間の日常。
それぞれの人生にほんの少しの彩《いろど》りを添《そ》えた、虹《にじ》の光の物語である。

CONTENTS

BOAR HAT
The Seven Deadly Sins

CAST

BOAR HAT 〈豚《ぶた》の帽子《ぼうし》〉亭《てい》

Hawk & Hawk's Mama

ホーク&ホークママ

〈豚の帽子〉亭のマスコット。
残飯処理騎士団《きしだん》の団長。

Meliodas

メリオダス

〈豚の帽子〉亭店主《マスター》。
料理がマズいのに
定評がある。

Elizabeth

エリザベス

〈豚の帽子〉亭の
看板娘《かんばんむすめ》であり、
リオネス王国第三王女。

Ban

バン

〈豚の帽子〉亭の
気まぐれ料理人。
料理のセンスあり!

First Episode 【第一話】

Gowther ゴウセル

七つの大罪の一人、〈色欲の罪《ゴート・シン》〉。
アーマンドと名乗って、
オーダンの村で暮らす。

Second Episode【第二話】

Slader スレイダー

リオネス王国の国王直属騎士団《きしだん》
〈暁闇の咆哮《ドーン・ロアー》〉の団長。

Third Episode【第三話】

King キング

七つの大罪の一人、〈怠惰の罪《グリズリー・シン》〉。
正体は、妖精族《ようせいぞく》の王・ハーレクイン。

Diane
ディアンヌ

七つの大罪の一人、
〈嫉妬の罪《サーペント・シン》〉。
巨人族《きょじんぞく》の少女。

Helbram
ヘルブラム

元は妖精族で
キングの親友だった。

第一話　消えない虹《にじ》

Story of Gonther

序幕　～ opening

ブリタニアの広大な平原が揺《ゆ》れていた。

地震《じしん》ではない。もとよりこの地には滅多《めった》に地震など起こらない。それにその揺れは、どんどこ、どんどん、と、妙《みょう》にリズミカルだ。

少し前に雨が上がったばかりで、地面も森の木々もみな濡《ぬ》れている。鳥も動物たちもようやく雨宿りから出てきたところだった。

どんどこ、どんどん、と、その震動は次第《しだい》に大きくなっていく。

やがて丘《おか》の向こうから、木々を割るようにして現れたのは——なんと、巨大《きょだい》な一頭の豚《ぶた》だった。

南の大陸にいるという象などはるかに超《こ》えているだろう。暴龍《タイラントドラゴン》をも一口で呑《の》み込《こ》むという怪物《かいぶつ》・アースクローラーもかくやと思わせる大きさで、体はまるで苔《こけ》むしたような緑色。だが、その瞳《ひとみ》はおだやかで、口元はまるで微笑《ほほえ》んでいるようだ。

その豚《ぶた》の頭上には、なぜか人間の家らしきものが載《の》っていた。

オレンジ色の屋根がとんがり帽子《ぼうし》のように見えるその小さな建物には、ちゃんと窓や玄関扉《げんかんとびら》がついている。緑色の木製扉の脇《わき》、しっくいの白い壁《かべ》には、豚のシルエットに添《そ》えられた〈BOAR HAT〉——〈豚《ぶた》の帽子《ぼうし》〉亭《てい》の文字。

そう。これは移動酒場の〈豚の帽子〉亭。

巨大《きょだい》な豚の頭の上で揺《ゆ》られながら、ブリタニア中を巡回《じゅんかい》しているという。十年ほど前から各地で目撃《もくげき》されるようになった、伝説の酒場なのだ。

どんどこ、どんどん、と足音を響《ひび》かせながら、巨大な豚は歩き続ける。その震動《しんどう》のたびに、木々の葉についていた雨の滴《しずく》がきらきらと飛び散った。

「わあ……みなさん見てください！　虹《にじ》が！」

〈豚の帽子〉亭の一階の窓が開かれ、銀髪《ぎんぱつ》の少女が顔を出した。彼女《かのじょ》が指さす空には、大きな二重の虹が架《か》かっている。

「どれどれ……おー、こりゃ見事だな」

「こんなにくっきりした虹《にじ》はなかなか見られませんね」

隣《となり》の窓も、二階の窓も開いて、何人もの顔がのぞいた。

かつては店主《マスター》を名乗る少年がひとりで切り盛りしていた〈豚の帽子〉亭だが、今は訳あってかなりの大所帯になっている。今、店の中にいるだけでも五、六人。二階や見張り台の人影《ひとかげ》を合わせれば十人を超《こ》えていそうだ。

「虹って、すぐに消えてしまうので残念ですね」

銀髪《ぎんぱつ》の少女――エリザベスが言うと、隣に立っていた暗灰色《ダークグレイ》の髪《かみ》の美女・マーリンが微笑《ほほえ》んだ。

「消えぬ虹を作ってみようか？　それはなかなか面白《おもしろ》い研究かもしれんな」

ブリタニア一の魔女《まじょ》と呼ばれるマーリンの言葉に、エリザベスは両手を胸の前で合わせた。

「まあ素敵《すてき》。でも――虹は儚《はかな》く消えるから美しいのかもしれませんね」

エリザベスの言うとおり、虹はもう、足元の方からゆっくりと薄《うす》れ始《はじ》めていた。

「そうかもしれん。見たいときに見られるわけでもなく、突然《とつぜん》姿を現し、またたく間に消えていく。それが美しさの本質なのかもな」

ふう、とマーリンの姿が薄れ、その胸のあたりの空中に、何か丸いものがふわふわと浮《う》いていいるのが透《す》けて見えた。ある事情で、今はこの球にマーリンの魂《たましい》は封《ふう》じ込《こ》められており、外に見える姿は幻《まぼろし》のようなものなのだった。

「消えるからこそ印象に残る。ふむ……そういうものだろうか」

後ろから、ふいに口をはさんできたのは、眼鏡を掛《か》けた赤い髪《かみ》の青年だった。エリザベスと、再びはっきりと姿を現したマーリンは意外そうに振《ふ》り返《かえ》る。

「ゴウセルさま」

「ゴウセル。どうした？」

ゴウセル、と呼ばれた青年は、眼鏡のブリッジを右手の指で押《お》し上《あ》げながら、窓の外の虹《にじ》に目を細めた。

「何か、虹にまつわる思い出があるのですか？」

無邪気《むじゃき》にエリザベスに問われ、しかしゴウセルは抑揚《よくよう》のない声で淡々《たんたん》と言う。

「記憶《きおく》は情報の集積に過ぎない。だが、似た現象を目撃《もくげき》したとき、それがきっかけになってある記憶が鮮明《せんめい》によみがえることはあるだろう。そういう意味では——確かに今、俺《おれ》は、過去の出来事をひとつ思い出した。〝消えない虹〟の記憶だ」

「まあ」

「ほほう、興味深いな。ぜひ聞きたいものだ」

「……聞きたい？　なぜ？　王女にもマーリンにもなんの関係もない話だ」

ゴウセルはきょとんとして首をひねる。

「え、あの……もちろん、話したくないのでしたら無理にとは……」

エリザベスは困ったようにマーリンを見た。マーリンは笑う。

「人間とは、時として互《たが》いの過去の出来事を語り合うことで、相互《そうご》理解を深めたり親密さの証《あかし》にするものなのだ。王女も私も、お前のことをもっと知りたいと思っているということだよ。それでは納得《なっとく》出来ないか？」

「ふむ――……」

ゴウセルはしばらくあごに手を当てて考《かんが》え込《こ》んでいたが、やがて小さくうなずいた。

「では話そう。特に面白《おもしろ》いとも思えないが」

「ほうほう。それはぜひ聞きたいな」

突然《とつぜん》そう言ったのは、いつの間にか後ろに立っていた金髪《きんぱつ》の少年だった。

「メリオダスさま！」

「おーい、みんな。ゴウセルが何やら昔話をするってよ」

メリオダスの呼びかけに応えて、店のあちこちから視線が集まる。虹《にじ》を見るのに飽《あ》きて、それぞれ店の掃除《そうじ》や酒瓶《さかびん》の整理に取りかかっていた者たちが、手を止めてばらばらとゴウセルの周りに集まってきた。

「ゴウセルさんの昔話ってぜひ聞きたいです」

「それは、いつ頃《ごろ》の話なのですか。〈七つの大罪〉に加入するよりも前？」

口々にたずねる若い男たちを、ゴウセルは少し驚《おどろ》いたような顔で見回した。

「……実に興味深い。人間とはそんなに他人の過去が気になるものなのか」

「まあいいじゃねぇか。で、いつの話なんだ？」

メリオダスに改めて問われ、ゴウセルは視線を戻《もど》す。

「いや——そんなに昔のことではない。ついこの間——俺《おれ》がオーダンの村で暮らしていた頃のことだ」

そう言うと、彼《かれ》はゆっくりと語り始めた。

1

「坊《ぼっ》ちゃーん！　ペリオ坊ちゃーん！」

山から吹《ふ》き下《お》ろす冬の風に、ゆるゆるといくつもの風車が回る、のどかなオーダンの村。

秋に蒔《ま》いた麦の苗《なえ》が青々と茂《しげ》る畑のあぜ道を、ひとりの男が走っていた。

「ペリオ坊ちゃん〜！　お勉強の時間ですよ〜！　ああ、もうどこに行ったんだろう……」

無造作に伸《の》ばした赤い髪《かみ》と、度の強そうな眼鏡。足取りもどことなく頼《たよ》りない。

「あ、アーマンドだー」

向かいから歩いてきた、そばかすのある可愛《かわい》い女の子が手を振《ふ》った。その後ろで赤《あか》ん坊《ぼう》を抱《だ》いている婦人も会釈《えしゃく》をする。

「やあメラ！　奥《おく》さんもこんにちは！　赤ちゃん大きくなりましたねぇ」

アーマンドは足を止め、婦人の腕《うで》の中の赤ん坊をのぞき込《こ》む。

「ええ。おかげさまで。もうすごい食欲なんですよ」

「ママのおっぱいで足りないから、これから山羊《やぎ》のお乳をもらいに行くの！」

メラは自慢《じまん》げに言った。母親は恥《は》ずかしそうに、これ、とたしなめる。

「あはは……ところですみません、ペリオ坊《ぼっ》ちゃんを見ませんでしたか？」

「ペリオだったら、トーマスとカッツと一緒《いっしょ》に、あっちに歩いていったよ。今さっき」

「ええええええ〜？」

メラが指さしたのは、村の北側にある森へと続く道だ。

「坊ちゃーん」

よろよろしながらアーマンドは走り出す。

必死に土ぼこりの道をたどっていくと、やがて前方に三人の男の子の後ろ姿が見えた。

「ペリオ坊ちゃーん‼」

「あ、アーマンドだぁ」

太った少年が振《ふ》り返《かえ》った。その言葉に、先頭切って歩いていた金髪《きんぱつ》の少年は舌打ちする。

「ちっ、もう見つかったか……走れっ、トーマス、カッツ！」

「えー、いやだよぉ」

太った少年は顔をしかめた。

「トーマス！　置いてくぞっ」

「どうぞ〜」

「くそっ」

まったく急ぐ様子を見せないトーマスを置いて、残りのふたりは走り出そうとしたが、そうこうするうちにアーマンドが彼《かれ》らに追いついた。

「はぁはぁはぁ……ペリオ坊《ぼっ》ちゃん！　よかった間に合った……」

腕《うで》を摑《つか》んだアーマンドから、ぷい、と顔を背《そむ》けた金髪《きんぱつ》の少年が、村長の息子《むすこ》ペリオだった。

「カッツも、ほら、帰りましょう」

「……帰ったらなんかくれる？」

痩《や》せて猫背《ねこぜ》のカッツは、上目遣《うわめづか》いにアーマンドを見上げる。

「……そ、そうですね、旦那《だんな》さまにお願いすれば、おやつぐらいは」

「やったぁ」

「あっ、この裏切り者！」

さっさと村への道を戻《もど》り始《はじ》めたカッツとトーマスに、ペリオはふくれた。

「さあ、坊ちゃんも行きましょう。旦那さまがお待ちです。今日は十日に一度、町から先生が来る日でしょう」

「それは知ってるけど、でも！」

ペリオはまだ不満そうに森の方へ目をやった。しかしあきらめたのか、しぶしぶアーマンドに手を引かれ、歩き始める。

「……どうして今日に限って森へなんか行こうと思ったんです？　子供だけで入っちゃいけないといつも言われてるでしょう。〝山神《やまがみ》さま〟のお怒《いか》りに触《ふ》れますよ」

アーマンドがそう言った途端《とたん》、森の奥《おく》から、地を震《ふる》わすような咆哮《ほうこう》が聞こえた。

ボォオオオオ、ボォオオオオオオ——……。

「ほら、〝山神さま〟の声が」

「……それはわかってるけど」

ペリオは足を止め、肩《かた》ごしに森を振《ふ》り返《かえ》った。

「……虹《にじ》を、見たんだ」

「……虹？」

ペリオの視線の先には、森の向こうにそびえる岩山があった。ペリオはその麓《ふもと》のあたりを見ているようだった。

「……あんなところに虹、ですか？　ここしばらく雨も降っていないのに？」

アーマンドは聞き返したが、それっきりペリオはうつむいて、家に帰るまで一言も口をきかなかった。

2

「おおアーマンド。ご苦労だったな」

アーマンドがペリオを家に連れ帰ると、村長自身が待ちかねたようにドアを開けて出迎《でむか》えた。

「もう先生がお見えだ。ペリオは部屋に行きなさい」

父親にうながされ、少年は不満そうな顔をしながら階段を上がっていく。

「アーマンドは裏の納屋《なや》を片付けてくれんか。昨日気づいたんだが、屋根に穴があいてたようでな。先月の大雨のときに吹《ふ》き込《こ》んで、しまってあったものがだいぶダメになっとる」

「はあ」

「近いうちに職人を呼んで屋根を直させるから、とりあえず傷《いた》んでいそうなものを外へ出してくれ」

「わかりました」

アーマンドは言われたとおり納屋へと向かった。

「そういえば、ここには入ったことがなかったな」

アーマンドはひとり呟《つぶや》きながら、立て付けの悪い木の扉《とびら》を開き、中へと足を踏《ふ》み入《い》れる。

むっと、カビ臭《くさ》い臭《にお》いがした。それから埃《ほこり》や古い木の臭い。

普通《ふつう》の人間なら、おそらくそれだけしか感じられなかっただろう。だが、アーマンドの特殊《とくしゅ》な感覚は、さらにその奥《おく》に漂《ただよ》う、かすかな香《かお》りを捉《とら》えた。

「……これは、女性の使う香水《こうすい》と化粧品《けしょうひん》の香りか」

ごたごたと物が積み上げられたうす暗く狭《せま》い納屋《なや》の中に、アーマンドはまるでためらわずに歩み入る。

「ふむ……屋根の穴はあそこか」

屋根の板の継《つ》ぎ目《め》から薄《うす》い光の帯が差《さ》し込《こ》み、空中に舞《ま》う埃《ほこり》をきらきらと光らせていた。

「その下のものは確かに、濡《ぬ》れて乾《かわ》いた跡《あと》がある。あのあたりのものを運び出せばいいのか」

ふ、と、またさっきの香りが舞い立った。アーマンドはその匂《にお》いの元をさぐりながら、壁《かべ》ぎわの棚《たな》へと近づく。

美しい装飾《そうしょく》が施《ほどこ》された木箱がいくつか、棚に並べて置かれていた。

「……衣装箱《いしょうばこ》。こちらは化粧品か——ペリオの母のものだな」

この家の奥方《おくがた》は、アーマンドが来る少し前に病気で亡《な》くなったという。これらはその遺品なのだろう。

隠《かく》してあるのは母を恋《こい》しがるペリオのため。捨ててしまわないのは村長の奥方への愛のため、とアーマンドは理解した。

「……幸いこれらは傷《いた》んではいないようだ……おや」

ふと、アーマンドは、その棚《たな》の前にある小さな椅子《いす》に目をやった。

「……ここだけ埃《ほこり》の積もり方が違《ちが》う」

まるで、誰《だれ》かが時々座《すわ》っているような。

アーマンドは、ひょろりとした体を折りたたむようにして、その椅子の真正面、棚の下の段をのぞき込《こ》んだ。

「……本。いや、日記、か」

アーマンドは、その古い紙の束に目を通す。

「……日記でもないな……これは……物語？」

顔を近づけると、かすかに、さっきの衣装箱《いしょうばこ》と同じ香水《こうすい》の匂《にお》いがした。

3

ボォォォオオ、ボォォォォォオ――……っ
〝山神さま〟の声が響《ひび》く森を、アーマンドは歩いていた。
月もない深夜、あたりは真《ま》っ暗闇《くらやみ》だ。伸《の》ばした指の先すら見えない真の闇の中、けれどもアーマンドは確かな足取りで進んでいく。まるで何もかも見えているように。

「……呼んでいる。急がなければ」

岩がちな急坂《きゅうはん》を登り、うねって絡《から》み合《あ》う木の根をまたぎ、アーマンドは森の奥《おく》、オーダンの山の麓《ふもと》へと急ぐ。

小川を飛《と》び越《こ》え、倒木《とうぼく》を登り、ようやく彼《かれ》がたどりついたのは、大きな洞穴《ほらあな》の入り口だった。

「……おーい」

アーマンドが中に向かって呼びかけると――ボォォォオオ、と返事が聞こえた。

そして――どすん、どすん、と、重い足音。

やがて――ゆっくりと中から姿を現したのは、全身を鎧《よろい》で覆《おお》った――巨人《きょじん》だった。

「遅《おそ》くなってすまなかった。今日はなかなか坊《ぼっ》ちゃんが寝《ね》つかなくてな」

アーマンドは、ペリオたちの前とはまるで違《ちが》う口調と声音《こわね》でそう言うと、恐《おそ》れ気《げ》もなくその、二十数フィート（約七メートル）はありそうな巨人に歩み寄り、鎧の表面に手を当てた。

「ゴウ、セル……」

鎧の中から低くくぐもった声が聞こえた。それは確かに、あの〝山神さま〟の吠《ほ》える声に似ていたが、たどたどしい口調はまるで、何かにおびえている幼児のようだ。

「ゴウセル……」

巨人《きょじん》は、アーマンドにそう呼びかける。

そう——このアーマンドという青年は、ゴウセルの仮の姿なのである。

「ゴウセル……コワイ」

「何が怖《こわ》いんだ？　ここには何も来ないだろう」

アーマンド——ゴウセルは、ゆっくりとあたりを見回す。

「狼《おおかみ》や熊《くま》はキミの声におびえて、とうの昔にこのあたりから消えただろう。オーダンの村人には、〝山神さま〟の吠《ほ》える声ということにしてある。俺《おれ》の魔力《まりょく》〈侵入《インベイジョン》〉をもってすれば、彼《かれ》らにひとつの考えを植えつけるなど造作もないことだった。このあたりまで入ってくる者はもういないはず」

「ゴウセル……サミシイ」

「寂《さび》しい？　それは困ったな。俺も昼の間はペリオ坊《ぼっ》ちゃんのお守《も》りがあるからな」

「ペリオ……」

ゴウセルは無造作に、洞窟《どうくつ》の入り口近くの大木の根元に腰《こし》を下ろした。

「よしよし。夜明けまで少し話をしよう」

〝鎧巨人《アーマージャイアント》〟も、その向かい側にのっそりと座《すわ》る。

「ペリオ……ゲンキ、カ」

巨人《きょじん》がたずねた。ゴウセルはうなずく。

「ああ。元気だ。キミはペリオの話が好きだな」

「……スキ……アイタイ……」

「ペリオにか？　それは無理だ」

「アイ……タイ……」

うう、と巨人はうめいた。

「わかるだろう。もうキミは人間ではない。人前に姿を現してはいけない。誰《だれ》かに見つかれば騒《さわ》ぎになる。それは俺《おれ》にとっても困ることなんだ」

「アイタイ……ギ、ラ……ジ……ル」

ううう、と、巨人は頭を抱《かか》えた。

「そうか。キミが会いたいのは、本当はペリオではないのだな。キミにとって特別な誰か——家族か、友人か。ペリオの話で思い出すというのなら、子供だろうか」

「コドモ……」

巨人はだまり込《こ》み、うう、うう、と、また苦しげにうめくばかりになった。

「……思い出せないのか」

ゴウセルは、ふ、と息を吐《は》いて天を見上げた。大木の枝の隙間《すきま》から、銀の砂粒《すなつぶ》をまいたような星空が見えている。

「俺《おれ》にはわからない。何かをなくした苦しい思い出、会えなくなって悲しいと感じる人――俺には何もない。キミをかくまったのも、ペリオのそばにいるのもすべて、〝心ある人間〟ならばそうするだろうとこれまでに学んだからだ」

ゴウセルはうつろに呟《つぶや》く。抑揚《よくよう》のない声。感情のない瞳《ひとみ》。

「人間とは、どこからが人間なのだろう。そんな姿になってなお、キミには思い出も感情もあるようだ――俺はさっき、キミはもう人間ではないと言った。だが、それがある限り、やはりキミはまだ人間なのかもしれない……」

ふう、と息を吐《は》く。

「ペリオも、母が亡《な》くなったときはまだ幼くて、確かな思い出はないらしい。それでもずっと、母を恋《こい》しがっている。寂《さび》しい、という気持ちが俺にはよくわからない。少しでも彼《かれ》の慰《なぐさ》めになるのなら、と思い、家に飾《かざ》ってある奥方《おくがた》の肖像画《しょうぞうが》の髪型《かみがた》を真似《まね》てみたが、どうやら彼は気づいていないようだ。俺が男だからだろうか。それは俺に与《あた》えられた属性なので、髪や肌《はだ》の色とは違《ちが》って自分の意思で変えることは出来ないんだ。可能ならば女性にもなってみたいのだが」

「………」

ゴウセルの言葉は、〝鎧巨人《アーマージャイアント》〟に聞かせるというよりは、もはや独り言のようだった。だが、巨人《きょじん》は、だまって彼《かれ》の話を聞いている。

「村長の家の物置に、ペリオの母の遺品があった。日記らしきものがあったので、生前の奥方《おくがた》のことが何かわかるかと思い読んでみたのだが、どうやらそれは日記ではなく、おとぎ話のようなものらしかった」

「……オトギ、バナシ」

「そうだ。それがこのブリタニアに伝わる伝統的なものなのか、どこかの作家の手による創作か、あるいは奥方がペリオに聞かせるために作ったのかはわからない。内容はたわいないものだった。虹《にじ》の橋が架《か》かると、その下で、ずっと会いたかった人に会える、というものだ」

「……ニジ」

「そうだ。キミはそんな話を聞いたことがあるか？」

巨人は左の飾《かざ》り角《つの》が折れた兜《かぶと》を、子供のようにかしげてうつむいた。何かを考えているようだ。

「………………」

だが、彼の口から漏《も》れたのは、やはり低いうめき声だけだった。

「そうか、知らないか」

ふ、と、また息を吐《は》いて、それからゴウセルは立ち上がった。

「俺《おれ》はそろそろ戻《もど》る。キミも寝《ね》た方がいい。俺と違《ちが》ってキミはまだ、睡眠《すいみん》を必要とするだろう？」

「……ウ……」

巨人《きょじん》ものっそりと立ち上がる。

「おやすみ」

「オヤスミ……ゴウセル」

巨人は名残惜《なごりお》しそうに小さく頭を下げると、のろのろと洞窟《どうくつ》の中に戻《もど》っていった。

4

「虹《にじ》の下で会いたい人に会える？　……さあ、聞いたことないなぁ」

メラは首を振《ふ》った。アーマンドは肩《かた》を落とす。

「そうか……じゃあ、この村の言い伝えとかではないんだね」

「違《ちが》うよね、ママ」

メラは傍《かたわ》らの母親を見上げた。赤《あか》ん坊《ぼう》を腕《うで》に抱《だ》いて揺《ゆ》り椅子《いす》に腰《こし》かけた婦人は、申し訳なさそうにアーマンドに頭を下げる。

「そうねぇ、私も聞いたことがないですね……お役に立てずにすいません」

「いえ……こちらこそ、突然押《とつぜんお》しかけて変なことを聞いて申し訳ないです」

アーマンドはボサボサの髪《かみ》をかき回しながら笑った。

「アーマンドさん、お茶でもいかが？　今日はお休みなのではないの？　ペリオ坊《ぼっ》ちゃんは昨日から先生とお勉強なんでしょう？」

婦人は立ち上がりながら言う。アーマンドは慌《あわ》てて両手をひらひらと振《ふ》った。

「いえいえ、先生はお昼を召《め》し上《あ》がったらお帰りになるので。私ももう戻《もど》らなければなりません」

「まあ、いつものことだけど大変ね」

「はは……慣れてますので」

ひょこひょこと道化師のような歩き方で、アーマンドはメラの家の玄関《げんかん》を出た。

（俺《おれ》もずいぶん長くこの世界に存在し、あちこちでいろいろな話を見聞きしたが、似た話には覚えがない。やはり、あの物語は誰《だれ》かの創作なのだろう。それも、ごく最近の……。ならばなんの根拠《こんきょ》もないと考えるのが普通《ふつう》、か）

村長の家への道をたどりながら、あごに手を当てて、アーマンドは考《かんが》え込《こ》む。

（文字は後半になるほど乱れていた。奥方《おくがた》が病床《びょうしょう》で書き記したものだろう。どこかで聞き覚えた話を思い出して書いたのか、あるいは彼女《かのじょ》自身の作り話なのか――人間とは面白《おもしろ》いものだな。死の淵《ふち》にあってなお、作り話を語ろうとする）

昨日、ペリオは「虹《にじ》を見た」と言っていた。

納屋《なや》にあった椅子《いす》の埃《ほこり》の積もり具合から考えて、ペリオがあれを読んだことは間違《まちが》いないだろう。そして、たまたま岩山の麓《ふもと》に架《か》かった虹を見て、その下に行こうとした。

（雨も降らないのに虹が架かったというのは気になるが、何かの見間違いかもしれない。ペリオにはあれは嘘《うそ》だと話さなくては）

たとえ狼《おおかみ》や熊《くま》がいなくなったとはいえ、森には危険な場所がたくさんある。それになんといっても、あの〝鎧巨人《アーマージャイアント》〟に出くわしてしまったら、何が起こるか予測がつかない。

（〝彼《かれ》〟はここ数か月でかなり不安定になっている……やはり、封印《ふういん》の効力が弱まっているのか。もともと俺《おれ》に合わせて調整されたものだからな。それとも、時間が経《た》てばいずれこうなるものだったか――……）

アーマンド――ゴウセルは、初めて〝彼〟に出会ったときのことを思い出す。

もともと、あの鎧《よろい》は、ゴウセル自身のものだった。

彼が王都で、国王直属騎《き》士《し》団《だん》〈七つの大罪〉に所属していたとき、強大な魔力《まりょく》の暴走を封《ふう》じ込《こ》めるため、当時の仲間だった魔術士マーリンが作ったものである。ここに来るまでの彼は、ずっとあの鎧《よろい》を着て過ごしていたのだ。

やってもいない罪の濡《ぬ》れ衣《ぎぬ》を着せられ、さまよい歩いた果てにたどりついたこのオーダンの森で、同じように〝何か〟から逃《に》げてきたらしい〝彼《かれ》〟に出会った。

醜《みにく》く膨《ふく》れ上《あ》がった怪物《かいぶつ》のような体、熊《くま》を一撃《いちげき》で殴《なぐ》り殺《ころ》す恐《おそ》るべき力を持ちながら、ずっと何かにおびえ、泣いているように見えた〝彼〟。

おそらくもともとは人間だったことが、魔力《まりょく》の奥底《おくそこ》に漂《ただよ》うかすかな匂《にお》いから感じられた。

人の心を見通す力を持つゴウセルにも、彼の心はもう読めなかった。ただ、時折噴《ふ》き上《あ》がる強《きょう》烈《れつ》な後悔《こうかい》や怖《おそ》れの感情から、彼自身がもともとはしごくまっとうな、正義や規律の心を持った男であったことはわかった。

このブリタニアは現在、大小いくつもの国に分かれ、それぞれの国は〝聖騎士《せいきし》〟と呼ばれる魔力を持った騎士によって武装している。〝彼〟は本来、どこかの国の聖騎士であったのだろうと思われた。

それが、どうしてこんな怪物になったものか。何かの呪《のろ》いか、あるいは邪悪《じゃあく》な魔術士によって実験台にされたのかもしれない。

いずれにせよ――〝彼〟自身が望んだ結果ではないのだろう。

人の手によって作り出された怪物。

そう思ったとき――なぜかゴウセルは、彼《かれ》を殺すことが出来なくなった。

それがなぜなのか、ゴウセル自身にもわからない。

だが、ゴウセルは〝彼〟に自分の鎧《よろい》を与《あた》え、この森の奥《おく》にかくまった。そして、自分はアーマンドと名乗り、村長の息子《むすこ》のお守《も》り役を演じ続けてきた。

(終わりが近づいているのかもしれない)

こんなとき、本当の人間であったならどんな感情を抱《いだ》くのだろう。

ゴウセルは眼鏡の奥の目を閉じ――それから、再びアーマンドの顔に戻《もど》って、村長の家へ向かう足を速めた。

――と、そのとき。

「なんだあれは」

「虹《にじ》!?」

道の脇《わき》の麦畑で水やりをしていた農夫がふたり、急に森の方を見上げて叫《さけ》んだ。

「……!?」

アーマンドも、彼らが指さす方を見る。

「……あれは……?」

オーダンの森に、虹が架《か》かっていた。

しかしそれはどう見ても、自然現象としての虹《にじ》ではない。

何かひどくくっきりとして、まるで自らが七色に発光しているような……。

「おお……消えていく」

虹はやがて、左側から次第《しだい》に細くなっていき、木々の間へ吸《す》い込《こ》まれるように消えてしまった。

「な、なんですかねアレは⁉」

アーマンドは、農夫たちを振《ふ》り返《かえ》った。だがふたりの男はぽかんとした顔を左右に振る。

「わかんねぇ、あんなもん見たこともねぇ」

「〝山神さま〟の、なんかのおしるしだろうか⁉」

「…………」

昨日、ペリオが見たという〝虹〟は、きっとあれのことだろう。

魔力《まりょく》らしきものは感じられなかった。だが、異変には違《ちが》いない。

ペリオがまた見に行かないようにしなくては。そして、早く正体を突《つ》き止《と》め、危険なものであれば排除《はいじょ》しなければならない。

アーマンドは、また一瞬《いっしゅん》ゴウセルの顔つきに戻《もど》って、眼鏡の奥《おく》の金色の目を無表情に光らせた。それから、ばたばたと足音高く走り出した。

――……だが。それは一足遅《おそ》かったのである。

村長の家の玄関《げんかん》を開けたアーマンドは、奇妙《きみょう》に静かで、がらんとした空気を感じた。

本来ならまだ、昨夜から泊《と》まっていたペリオの家庭教師が昼食を食べている時間のはずだ。村長もペリオも同席して、話し声が聞こえるはず。

だが――暖炉《だんろ》のある居間にも、その奥《おく》の食堂にも、人の気配がない。

「……まさか……」

玄関で棒立ちになったアーマンドに、階段の上から声がかかる。

「なんだアーマンド。どこに行っていたんだ」

踊《おど》り場《ば》に立って、すっかり気の抜《ぬ》けた顔の村長がアーマンドを見下ろしていた。

「旦那《だんな》さま！　先生はもうお帰りになったんですか？」

「ああ。今日は少し早く出るとおっしゃってな。昼は弁当を作ってさし上げたんだ」

「ぼ、坊《ぼっ》ちゃんは？」

「村の出口まで送ると言って一緒《いっしょ》に出ていったぞ。そろそろ戻《もど》るんじゃないか？」

少しのんびりしたところのある村長は、そう言ってまた二階へと消えた。

「坊《ぼっ》ちゃん……ペリオ坊ちゃん！」

アーマンドは叫《さけ》びながら、また玄関《げんかん》を転がり出ていった。

5

洞窟《どうくつ》の奥《おく》で〝彼《かれ》〟はゆっくりと目を覚ました。

「ウ……ウウ……」

夢を見ていた気がする。

温かく、優《やさ》しい夢だった。


大勢の人々に囲まれて、〝彼〟は笑っていた。

酒と、ご馳走《ちそう》の匂《にお》い。華《はな》やかな灯《あか》り。

並んだテーブル。何度も打ち合わされるジョッキ。

『国王のために！　リオネスのために！　乾杯《かんぱい》！　乾杯！』

〝彼〟自身も、ジョッキを掲《かか》げて唱和する。

『その眼《め》は悪を見抜《みぬ》き！　その口は真《まこと》を語り！　その心は正義に満ち！　その剣《けん》は悪を砕《くだ》く！』

乾杯《かんぱい》、乾杯——……!

輝《かがや》かしい日々の夢。

だが、もう〝彼《かれ》〟には、それが何を意味するのかすらわからない。


また別の場所。日だまりの庭。咲《さ》きみだれる花々。

幼い少女と、まだ生まれたばかりの赤《あか》ん坊《ぼう》が、〝彼〟を見上げて笑う。

抱《だ》き上《あ》げようと手を伸《の》ばしたが、その手は空を切った。

幻影《げんえい》はかき消える。


「……ギ、ラ……ジー……ル……」

口をついて言葉があふれる。何かの名前。大切だったはずの名前。


「アイ……タイ……」

何に? 誰《だれ》に? ——わからない。

〝彼〟は、うっそりと立ち上がり、洞窟《どうくつ》の出口へと向かった。

昼近くなった日射《ひざ》しが、常緑樹の梢《こずえ》から差《さ》し込《こ》んでいる。

「ウ……?」

洞窟《どうくつ》を出て、太陽に目を細めた、そのとき。
〝彼《かれ》〟は――虹《にじ》を見た。

そびえる岩山の麓《ふもと》から、光《ひか》り輝《かがや》く七色の帯が立ち上っている。

それは、しばらくの間、ひらひら、ゆらゆらと、布のようにゆらめいて、それから、まるで天へ駆《か》け上《あ》がっていくように消えていった。

『虹の橋が架《か》かると、その下で、ずっと会いたかった人に会える』

ふいに――〝彼〟の脳裏《のうり》に、昨夜のゴウセルの言葉がよみがえった。

ゴウセルがそれを、たわいないおとぎ話だ、誰《だれ》かの創作かもしれない、と言っていたことなどは、もはや〝彼〟の記憶《きおく》から消えていた。

ただ――『会いたい人に会える』というその言葉だけが、くっきりと、〝彼〟の中に刻みつけられていた。

「ウ……ウウ」

アイタイ、と、〝彼〟はまたうめいた。

〝彼〟はゆっくりと、虹が消えた方へ向かって歩き出した。

6

ペリオは、息を切らしながら森の中を歩いていた。

今度こそアーマンドに見つからず森へ入ることが出来たので、心の中で、ざまぁみろ、と叫《さけ》ぶ。

(いつもいつもおれの邪魔《じゃま》ばかりしやがって!)

ぴょんぴょんと身軽に岩を登り、拾った枝で枯《か》れ草《くさ》や蔓《つる》を払《はら》いのける。

「いつまでも子供扱《あつか》いしやがって! もうお前を拾った頃《ころ》とは違《ちが》うんだ!」

ペリオは心の中で悪態をつく。

数年前、村はずれに血まみれで倒《たお》れていたアーマンドを見つけ、家に連れて帰ってきた日のことはなんとなく覚えているが、そのあと、何がどうなって彼《かれ》が自分のお守《も》り役になったのかは、今ひとつよくわからない。

とにかく、気がつくと彼はいつもペリオのそばにいて、何かと世話を焼くようになっていたのだ。

まだひとりで着替《きが》えも出来なかった頃は、ペリオも彼に頼《たよ》りきっていたが、もう近頃は、坊《ぼっ》ちゃん坊《ぼっ》ちゃんとつきまとわれることそのものがうっとうしい。

この小さなオーダンの村では、毎日が退屈《たいくつ》だった。生まれたときから自分を知っている大人たち。代《か》わり映《ば》えのしない毎日。せめて森の奥《おく》へ行こうとするたび、アーマンドに止められる日々。

そんなとき、たまたま納屋《なや》で見つけた、あの紙の束。

それが、亡《な》き母の遺《のこ》したものだと、ペリオにはすぐにわかった。

そして——思い出したのだ。

幼かった自分を膝《ひざ》に抱《だ》き、母が歌ってくれた子守歌《こもりうた》。それから、絵本を読んでくれた声。

病気で伏《ふ》せりがちになってからも、ベッドにもぐり込《こ》むと、母は微笑《ほほえ》んでいろいろな物語を聞かせてくれた。

その中に——あの話もあった、気がする。

『虹《にじ》の橋が架《か》かるとき、その真下に行けば、会いたい人に会えるのよ』

遠くに離《はな》れてしまった人。死んでしまった人にも。

『だからペリオ——虹を見たら、ママのことを思い出してね』

虹は、雨上がりに遠くの空に架かり、あっという間に消えてしまう。

だから、その真下に行くことなんか出来はしない。

けれども、昨日、ペリオは見たのだ。

森の中からまっすぐ立ち上る、くっきりとした虹《にじ》の帯を。

まるでそこにあるような。行けば摑《つか》める橋のような。

あれが、きっと、母が言っていた虹に違《ちが》いない。

あの下に行けば、きっとまた母に会えるのだ。

湿《しめ》った枯《か》れ葉《は》に足を取られて、ペリオは転んだ。岩がちな土地なので、あちこちに剝《む》き出《だ》しの岩肌《いわはだ》があり、まともにそこで転ぶとひどく痛い。

「……！」

涙目《なみだめ》になりながら顔を上げたとき。

虹が、立ち上るのが見えた。

少し先の木立の向こうから、音もなく。

大人の男が両手を広げた幅《はば》より広い、七色に光る帯が、切れ目なく空を目指して舞《ま》い上《あ》がっていく。

「……!?」

だが、その〝虹〟は、次第《しだい》に細く——幅が狭《せま》くなっていき、やがて、するり、と三角の、剣《けん》のような先端《せんたん》を見せて、消えた。

「……な、なんだろう、あれ……」

ペリオはその場所にぺたりと尻餅《しりもち》をつき、口を開けたまま、たった今それが現れて消えた場所を見つめた。

「……虹《にじ》、じゃない」

それは確かに虹色に輝《かがや》いていた。だが、こうして近くで見ると、それは――……。

「布……でもない、なんか……もっと厚みがあったような」

それに、最後の方のとがったあたりには。

「ひらひらした縁取《ふちど》りみたいなのがついてた……気がする」

そのとき、ふっと風向きが変わった。虹の消えた方向から、変に生温かい風が吹《ふ》きつける。

「……!?」

ペリオは思わず鼻と口を手で押《お》さえた。

ひどく生臭《なまぐさ》い臭《にお》いがした。

「……魚の、干物《ひもの》、みたいな……」

村のずっと西にある海沿いの集落から、時々行商人が売りに来る、干した魚や塩漬《しおづ》け。

ペリオはあまり好きではない、あの、独特の臭い。

ぞっとした。

こんな森の中に自然に漂《ただよ》う香《かお》りではない。

降り積もった枯《か》れ葉《は》の湿《しめ》った匂《にお》いや、針葉樹のさわやかな香りとはまるで違《ちが》う——異質な臭《にお》い。

「ひっ……」

ペリオは急に恐《おそ》ろしくなって、よろよろと立ち上がった。少し痛む膝《ひざ》をかばいながら、来た道を戻《もど》ろうとした。

「……っ⁉」

また、生臭《なまぐさ》い風が、今度は左手の方から吹《ふ》いてきた。

おそるおそるそちらに目をやる。

ふうっ、と——目の前を〝虹《にじ》〟が横切った。

ほんの十五フィート（約四・六メートル）ほど先の、木立の合間を縫《ぬ》うように、虹——というよりも、七色に光る帯が左から右へと流れていく。

いや——それは多分、〝泳いでいく〟と言った方が正しい。

長い長い虹色の帯は、よく見ると、上の赤い部分と、下の紫《むらさき》の部分だけがひらひらと波打つように揺《ゆ》れていた。そこを動かして空中を〝泳いでいる〟のだ。

帯はあっという間にペリオの視界を通《とお》り抜《ぬ》けて、右手の森の奥《おく》へと消えていった。やはり最後の方はすうっと尻《しり》すぼみに三角になっていた。

何か、とても平たくて長い、蛇《へび》のような――……。

「……魚？　泥《どろ》ウナギ、みたいな……」

夏場の泥だまりでたまに見かける大きなぬるぬるとした魚を、ペリオは思い出した。

（でもあれは、もっと胴体《どうたい》が丸くて……）

いや、そういう問題ではない。そもそもあんな巨大《きょだい》なウナギはいないし、それが宙を舞《ま》うなどあり得ない。それがウナギでなく、他の魚であってもだ。

「……怪物《かいぶつ》だぁ……！」

ペリオはやっと我に返って、よろよろと走り出した。

降り積もった枯《か》れ葉《は》に足を取られ、ずるずると岩場をすべりながら、ペリオは斜面《しゃめん》を駆《か》け下《お》りた。とにかく村まで戻《もど》らなければ。人のいるところに行かなければ。

「――ひいっ‼」

突然《とつぜん》――彼《かれ》の目の前に、にゅう、と。

〝顔〟が現れた。

銀色に光る、まぶたのない巨大《きょだい》な目玉が、ぎょろり、と中空からペリオを見下ろしている。

「……ひ、ひぃ……」

穴があいているだけの鼻、下あごだけがやけに目立つ。そこから上向きにびっしりと生えた牙《きば》。口は大きな目玉の真後ろまで裂《さ》けているように見えた。

それは、やはり魚の顔だった。

開けばペリオを一呑《ひとの》みにしてしまいそうな口と、彼《かれ》の頭ほどもある目玉の後ろに、延々と虹色《にじいろ》の帯のような胴体《どうたい》が続いている。端《はし》はもう森の中に消えて見えない。

裂けた口の終わりのあたりから、紫色《むらさきいろ》の胸《むな》ビレが生えていた。平たい――厚みはせいぜい四インチ（約十センチメートル）程度の胴体の両側に、そのヒレは扇形《おうぎがた》に広がって、ゆらゆらと波打っている。

「……ひ、やめろ……来るな……こないで」

ペリオは泣きそうになりながら、次第《しだい》に距離《きょり》を詰《つ》めてくるその巨大な顔から逃《に》げようと後じさった。だが、すぐに腰《こし》が抜《ぬ》けて、よろよろとへたり込《こ》んでしまう。

「来るな……いやだぁ！」

たまたま手に当たった小さな石を握《にぎ》り、ペリオは弱々しく、その顔に向かって投げつけた。

石はへろへろと飛んで、その怪魚《かいぎょ》の右のヒレをかすめて落ちた。

ぎろり、と、巨大《きょだい》な目が光る。

口が開いた。真っ赤な裂け目《さけめ》は顔を倍に見せるほどに開き、牙《きば》は口の中に列をなしていた。

「ひぃぃぃぃぃぃぃ」

もうダメだ。ペリオは観念した。固く目をつぶった。食われる。

どうしてこんなところまで来てしまったのだろう。

本当に母に会いたいと思っていたのだろうか。

ただ、アーマンドの鼻を明かしてやりたかっただけなのかもしれない。

後悔《こうかい》してももう遅《おそ》い。

「助けて、アーマンドぉ！」

ペリオが絶叫《ぜっきょう》した、そのとき。


ボォオオオオオオオ……。


〝山神さま〟の声が響《ひび》き渡《わた》った。

「……‼」

目を開けると、もうそこに怪魚《かいぎょ》の顔はなかった。いつの間にかそれは彼《かれ》から離《はな》れてしまっていて——さらにものすごい勢いで後退していくところだったのだ。

ペリオには、何が起きたのかすぐにはわからなかった。

それは怪魚自身が後じさったのではなく、何者かに胴体《どうたい》を摑《つか》まれ、引《ひ》きずり戻《もど》されたのだということが理解出来たのは、数秒あとのことである。

少し離れた大木の脇《わき》に、鈍《にぶ》い紫《むらさき》に光る鎧《よろい》を着た巨人《きょじん》が立っていた。巨人は怪魚の胴体を二本の腕《うで》で抱《かか》え、力任せに振《ふ》り回《まわ》そうとしていた。

だが、怪魚の方もただ摑まれてはいない。長い体をくねらせて、その腕を振りほどこうとしている。

「ガ……ガガ……」

巨人の指が怪魚の虹色《にじいろ》の体に食《く》い込《こ》み、緑色の血が飛んだ。怪魚は激しく体をくねらせ、巨人に巻きつこうとする。

「……！」

もがく怪魚の尾《お》が、ものすごい勢いでペリオに向かって飛んできた。

吹《ふ》っ飛《と》ばされる、と覚悟《かくご》した瞬間《しゅんかん》、しかし彼の体は宙に浮《う》いた。

「！」

誰《だれ》かがペリオを抱《だ》きかかえ、横飛びに避《よ》けたのだ。

「……坊《ぼっ》ちゃん、おケガは⁉」

「……アーマンド！」

眼鏡の従者が、ペリオをのぞき込《こ》んで笑う。

「アーマンド……！」

怖《こわ》かったよう、と泣き出すペリオを右手に抱いたまま、さらに三十フィート（約九メートル）ほども飛び下がったアーマンドは、開いている左手で眼鏡のブリッジを押《お》し上《あ》げながら、暴《あば》れ狂《くる》う怪魚《かいぎょ》と、それを押《お》さえ込《こ》もうとする〝鎧巨人《アーマージャイアント》〟に視線をやった。

「——困ったな……〝彼《かれ》〟の力なら当然勝つだろうが、ここでこんな怪物の死体を作られると、少々やっかいだぞ——いずれ腐敗《ふはい》して麓《ふもと》まで臭《にお》いが届くだろうし、あるいはそれにおびき寄せられて同種や別種の怪物が来るかもしれん」

「アーマンド？」

いつもの彼とまるで違《ちが》う口調と表情に、ペリオは不安そうな目を向ける。

「しかしあの怪物はなんなんだ？　俺《おれ》のデータベースには該当《がいとう》する生き物がいない。こういう下等な生き物には〝詮索の光《サーチライト》〟は意味をなさない——おっと」

またも怪物の尾《お》が近くに打ち下ろされた。アーマンドはペリオを抱いてそれをひらりとかわす。

「怖《こわ》いよぉ！」

震《ふる》えるペリオを抱《だ》きしめながら、アーマンドは声を張り上げた。

「おーい！　殺すなよ！」

「ウウ……」

怪物《かいぶつ》に巻きつかれ、苦戦している巨人《きょじん》がうめく。

「仕方ない。加勢するか」

言うなり、アーマンドの手刀が空を切った。何かの力がその先から鋭《するど》く放たれ、巨人に絡《から》みついていた怪魚の背の一部を切《き》り裂《さ》いた。

「グギ……」

外側からの攻撃《こうげき》に、怪魚は締《し》めつける力を緩《ゆる》めた。その瞬間《しゅんかん》、〝鎧巨人《アーマージャイアント》〟が固まりのままの怪魚を投げ飛ばす。

空中で完全にとぐろをといた怪魚は、虹色《にじいろ》の体色を激しく明滅《めいめつ》させながら、ぐるぐると木立の間を泳ぎ回った。

「アーマンドぉ……」

もうペリオには何がなんだかわからない。自分は夢を見ているのだと思った。

アーマンドはペリオを抱《だ》いたまま、ひらりとまた宙を舞《ま》って、〝鎧巨人《アーマージャイアント》〟の近くに着地した。

そのときである。

「……ウオ」

巨人《きょじん》の兜《かぶと》の下から、くぐもった声が聞こえた。

「……何か言ったか」

アーマンドが聞き返す。

「オウ、タイ、ウオ」

「オウタイウオ……?」

アーマンドは首をかしげる。

「王帯魚──キングズサッシュのことか? 確かに姿は似ているが、あれは銀色だろう。それにこんなに巨大にならない」

があっ、と、怪魚《かいぎょ》がまた襲《おそ》ってきた。アーマンドが再び手刀を振《ふ》る。

ひるんで離《はな》れながらも、ぐるぐると隙《すき》を狙《ねら》う怪魚を見上げながら、たどたどしく巨人は言う。

「ハンショクキ……オス……コロシアウ……クイアイ……キョダイカ……ニジイロ」

「……〝繁殖期《はんしょくき》にオス同士が食い合って巨大化する〟? それは初耳だな。ではこの虹《にじ》のような体色は婚姻色《こんいんしょく》か。メスを誘《さそ》うための？」

「アーマンド、何言ってるんだよぉ」

ペリオをもう一度抱《かか》え直《なお》しながら、アーマンドは左手を高く掲《かか》げた。

その手先から、まるで弓のような形の光が展開する。

「……ならば、話は簡単だ」

巨大《きょだい》な口を開いて、真上から襲《おそ》ってこようとしている怪魚《かいぎょ》めがけ、アーマンドはその光の弓をかまえた。

「〝瘡蓋の記憶《リライト・ライト》〟」

小さく呟《つぶや》くと、弓が、まるで弦《げん》を引かれたように引《ひ》き絞《しぼ》られ、一瞬《いっしゅん》の後に銀色の光の矢が放たれる。

矢は、大きく開けた怪魚の口に飛《と》び込《こ》んでいった。

「……？」

怪魚の動きがぴたりと止まる。

突然《とつぜん》、怪魚は何かを目で追うような動きをした。と見る間に体を翻《ひるがえ》し、まっすぐに天へと駆《か》け上《のぼ》っていった。

森の外から見れば、おそらく森から飛び出した虹《にじ》が、空に消えていったように見えただろう。

「あれは、なんなんだよ……何を、したんだよ……？」

ペリオはおそるおそるたずねた。

「あれは王帯魚――キングズサッシュと呼ばれる異界の魚だ。聖騎士《せいきし》の一部が飼い慣らしているスカイマンタを見たことがないか？　あれと同じで、遠い昔ブリタニアが魔界《まかい》や妖精界《ようせいかい》などと交わっていた頃《ころ》にこちらの世界に置き去りにされたとも言われている」

「……キングズ、サッシュ……？」

「繁殖期《はんしょくき》のオスだとわかれば簡単だ。メスの幻《まぼろし》を与《あた》えてやればいい。下等な生き物だ。どこまでも追っていく」

アーマンドは、ペリオをそっと地面に下ろした。

「〝彼《かれ》〟が思い出してくれて助かった。ありがとう」

アーマンドはそう言いながら、〝鎧巨人《アーマージャイアント》〟を振《ふ》り返《かえ》った。だが、巨人《きょじん》はもう、さっきの一瞬《いっしゅん》のことなど忘れたかのように、ウウ、ウウ、とうめきながら、ふらふらとこちらに背を向けて歩き去っていこうとしていた。

「……そうか……一時的なものだったようだな。今まで〝彼〟がここまで明確に、聖騎士時代の記憶《きおく》をよみがえらせることなどなかったが――やはり、ペリオが襲《おそ》われていたのが引き金だろうか。〝彼〟にも、どうやら子供がいたようだし」

ふ、と、アーマンドは目を細め、木立の向こうへ消えていく巨人《きょじん》の背中を見つめた。

「……だが、もうこんなことは二度とないだろう……封印《ふういん》の効力は急速に弱まっている……今のが最後の、〝彼《かれ》〟の人間としての行動だったかもしれない」

「……アーマンド……お前……何者なんだ」

急に恐《おそ》ろしくなってペリオは一歩後じさった。この男は、自分の知っている、ちょっと口うるさくて間抜《まぬ》けな召《め》し使《つか》いとは違《ちが》う。

「お前――本当にアーマンドなのか？」

「――それに答えることは出来るが、今答えても意味はない」

アーマンドは静かに言った。

「まだ、その時期ではない、と思う」

「……ど、どういう……」

アーマンドは、眼鏡の奥《おく》の目を細めると、軽く右手を掲《かか》げた。

その手の先に、きらりと何かが光った、と思った瞬間《しゅんかん》。

ペリオは気を失った。

最後に見たその光は、美しい虹色《にじいろ》だった。

7

「坊《ぼっ》ちゃん～！　ペリオ坊ちゃん～！　待ってくださいよぉ～！」

「うるっさい、ついてくんな！」

ペリオは、自分の名を情けない声で呼ぶ召《め》し使《つか》いを振《ふ》り返《かえ》った。

「もうすぐおやつの時間ですよ～！　どこに行くんです！」

「トーマスの家に、王都から騎《き》士《し》が来てるんだよ！　パパもう行ってる！」

「ええええ～？」

なぜかとてもイヤそうな顔になるアーマンドを見て、ペリオは、ふん、と鼻で笑った。

きっと騎士が怖《こわ》いんだ、とペリオは思う。ひょろひょろで弱虫で、本当にどうしようもないヤツだ。

ペリオの記《き》憶《おく》から、あの日の出来事はすっかり消《き》え失《う》せていた。

彼《かれ》にとってのアーマンドは、ずっと同じ、おせっかい焼きのヘタレ男のままである。

ペリオは足を速めて、北風の吹《ふ》く中、麦畑のあぜ道を駆《か》け抜《ぬ》ける。

点在する村の家々から、他の村人たちも同じ方向へ歩き出していた。

「ペリオ～！」

同年代の子供たちが手を振《ふ》って駆《か》けてくる。痩《や》せて猫背《ねこぜ》のカッツ、紅一点のメラは赤《あか》ん坊《ぼう》の弟を抱《だ》いている。いつもびくびくしている少し年下のタント。

「一緒《いっしょ》に行こー！」

「都の騎士《きし》って聖騎士⁉」

「んなわけねーだろ、ただの騎士だろ」

ワイワイと子供たちは肩《かた》を並べて歩き出す。

トーマスの家は村のほぼ中央にあり、ここでは唯一《ゆいいつ》の商店だった。一階の半分が雑貨屋、半分が酒場になっていて、村の人々の寄り合い所を兼《か》ねている。

「うわー、もうあんなに来てるぞ」

トーマスの家の前の広場には、村人たちが十数人ほど集まっていた。ペリオたちの後ろからも、ぱらぱらとやってくる。別に招集《しょうしゅう》がかけられているわけではないのだが、こんな辺境の村に王都から使いが来ることなど、そう滅多《めった》にあることではないので、みな珍《めずら》しいのである。

「おおっ」

酒場の扉《とびら》が開き、人垣《ひとがき》がどよめく。

中から出てきたのは、軽装の甲冑《かっちゅう》に身を包んだ若い騎士だった。それに続いて、ペリオの父である村長も現れる。

「ふん、なんだ大勢集まっているな……ちょうどいい」

騎士《きし》は尊大に言い、芝居《しばい》がかった咳払《せきばら》いをした。

「お前たちも知っているだろう。十年前に、当時の聖騎士長ザラトラスさまを惨殺《ざんさつ》して逃亡《とうぼう》した騎士団〈七つの大罪〉を」

おお、と、村人たちの間からため息が漏《も》れる。

「あの、ブリタニア最強最悪と言われた七人の聖騎士……」

「でも、もう全員死んだんじゃ？」

ざわざわと話し始めた村人たちを、騎士は咳払いで制した。

「……残念ながら、未《いま》だ奴《やつ》らの死亡は確認されていない。だが、我らリオネス騎士は、奴らを決して許さない。毎年手配書も更新《こうしん》しているのだが、この村には数年前から届いていなかったようなのでな、本日このわたしが最新のものを持ってきた。この店の掲示板《けいじばん》に貼《は》り出《だ》させたので、お前たちもよく目に焼きつけるように。そして少しでも怪《あや》しい者を見かけたら、必ず王都に知らせを送ること」

へい、かしこまりました、と、口々に頭を下げる村人たちに、若い騎士は満足そうにうなずいた。そして、どけどけ、とぞんざいに人垣《ひとがき》をかきわけて歩き去っていく。後ろを村長が慌《あわ》ててついていった。

村人たちはそれを見送ると、今度は我先に酒場へとなだれ込《こ》んでいく。

ペリオも、大人たちに負けじと、勢いよく店の中へ突進《とっしん》した。

「いらっしゃーい、へい、らっしゃい！」

機嫌《きげん》よく、トーマスの両親が声を張り上げている。その横にトーマスもいた。どうやら忙《いそが》しくなることを見こして手伝いをさせられているらしい。

奥《おく》の壁《かべ》の掲示板《けいじばん》の前が人でいっぱいだ。ペリオと仲間たちは、大人たちの間に割り込み、足の間をすり抜《ぬ》けて、どうにか一番前に顔を出す。

いつもは、村長からの知らせや、行商の馬車が来る日程、この店の定休日などの知らせがぽつんぽつんと貼《は》られているだけの掲示板。今はそれらが全部剝《は》がされ、真新しい七枚の手配書で、覆《おお》いつくされていた。

「……これが……〈七つの大罪〉」

ペリオは息を呑《の》む。

自分が生まれた頃《ころ》に起きたという聖騎士長《せいきしちょう》惨殺《ざんさつ》事件を、ペリオはよく知らない。そもそもの事件そのものが、こんな辺境の村にはあまり関係がなかったし、大人たちがごくたまに口にすることがあっても、それは遠い昔の伝説のようにピンと来なかった。

だが、今目の前にある手配書の、いかにも凶悪《きょうあく》そうな七人の人相書きを見ると——それが本当に、今もどこかで生きている真実なのだということが、はっきりと感じられた。

食い入るように手配書に見入っているペリオに、若い男が声をかけてきた。ついこの間まで王都に働きに行っていたベンだ。

「こいつらってよ、ひとりひとりが化け物みたいに強くて、しかももともとは全員、何回死刑《しけい》にしてもたりねぇぐらいの極悪人《ごくあくにん》だったらしいぜ。それを国王陛下が直々に、ブリタニア中からスカウトして編成したんだってよ」

「ええー、極悪人を？」

一緒《いっしょ》に見入っていたメラが目を見開く。

「おう。ひとりひとりに、そのときの〈罪《つみ》〉の名前がつけられてんだ。これが団長のメリオダス」

ベンは、七枚の中央に貼《は》られた、ふてぶてしい面構《つらがま》えの男の手配書を指さした。

「こいつが〈憤怒の罪《ドラゴン・シン》〉。んで、この女が巨人族《きょじんぞく》のディアンヌ。〈嫉妬の罪《サーペント・シン》〉だ」

ベンは、言いながら、それぞれの手配書をさしていく。

〈強欲の罪《フォックス・シン》〉のバン。

〈怠惰の罪《グリズリー・シン》〉のキング。

〈傲慢の罪《ライオン・シン》〉のエスカノール。

〈暴食の罪《ボア・シン》〉のマーリン。

そして――……、

「この鎧《よろい》の大男が〈色欲の罪《ゴート・シン》〉のゴウセルだ」

「……ゴウセル……」

ペリオは、そこに描《えが》かれた、片方の飾《かざ》り角《つの》が折れた兜《かぶと》をかぶった鎧姿《よろいすがた》の絵を、じっと見つめた。

(どこかで――見たことがあるような……?)

だが、いくら思い出そうとしてもそれは形にならなかった。

気のせいだ、と、ペリオは首を振《ふ》る。

それにしても――……。

「かっこいいなー!」

ペリオは思わず叫《さけ》んでいた。

その声に、もう掲示板《けいじばん》から離《はな》れて三々五々テーブルを囲んでいた大人たちが、苦笑しながら振り返る。

「ペリオ坊《ぼっ》ちゃん、何言ってるんですか」

いつの間にか後ろに来ていたらしいアーマンドが、腰《こし》をかがめてペリオをたしなめた。だが、ペリオは肩《かた》に置かれたその手を振《ふ》り払《はら》った。

「かっこいいだろ！　ブリタニア一強い極悪人《ごくあくにん》の聖騎士《せいきし》なんて……すっげえじゃん！」

ペリオはもう一度掲示板《けいじばん》を見上げた。特に中央の〝メリオダス〟――いかにも強そうだし、それにハンサムだ。

〝メリオ〟ダス、なんて、ペリオと名前も少し似ている。

「よーし！　決めた！　おれの名前は今日から〝ペリオダス〟だ！」

ペリオは右手を突《つ》き上《あ》げるようにして叫《さけ》んだ。

「坊《ぼっ》ちゃん⁉」

驚《おどろ》くアーマンドと、呆《あき》れて笑い出す店の中の大人たちを尻目《しりめ》に、ペリオは周りに立っている仲間たちに宣言する。

「今日からおれたちは〈七つの大罪〉だ！」

「えー、面白《おもしろ》そう！」

目を輝《かがや》かせてメラが言う。

「ペリオが団長のペリオダスなら、私は？　女の子だからディアンヌかマーリン⁉」

「あっちでゆっくり考えようぜ！」

ペリオとともに、メラもカッツもタントも店から走り出していった。店の手伝いをしていたトーマスも一緒《いっしょ》に走り出し、母親に怒鳴《どな》りつけられている。

「やれやれ……ペリオ坊《ぼっ》ちゃんには参るなぁ」

昼間からエールを飲んでほろ酔《よ》いの男たちが笑う。いかに騎士《きし》が深刻そうに訴《うった》えたところで、彼《かれ》らにとっても今日のことは、久しぶりに出来た酒の肴《さかな》、面白《おもしろ》い話のタネでしかないようだ。

「アーマンドさん、追っかけなくていいのかい」

トーマスの母が苦笑《くしょう》しながら言う。彼女《かのじょ》の息子《むすこ》も結局行ってしまったようだ。

「ははは……そうですね」

アーマンドはひょこひょこと店の出口へと歩き出し——ふと足を止めて、また掲示板《けいじばん》を振《ふ》り返《かえ》った。

かつての彼の仲間たちの絵姿は、ある者は彼の記憶《きおく》とそっくりだったし、ある者はまるで違《ちが》っていた。

懐《なつ》かしい、とは、思わない。彼にはそんな感情はない。

ただ、未《いま》だに誰《だれ》ひとり見つかっていないらしい、という情報が、彼の頭に入力される。

(いや、似顔絵の精度が高い者は、あるいは居所が知られている可能性があるな——注意しておこう)

胸の内で冷静に呟《つぶや》きながら——ひとつの考えが、同時に浮《う》かんだ。

（終わりが近づいているのかもしれない）

それが、客観的な事象に基《もと》づいた確率の問題なのか、それとも、人間の言う〝感傷〟のようなものなのか――彼《かれ》にはわからない。

自分が本当の人間であったなら。

心というものがあるのなら、それがわかるのだろうか。

「どうした？」

立ちつくす彼を見とがめて、客のひとりが声をかけた。

彼はアーマンドの顔に戻《もど》って微笑《ほほえ》む。

「いいえ、なんでも。それでは失礼いたします」

そう言ってぺこりと頭を下げると、アーマンドはまたばたばたと滑稽《こっけい》な足取りで、ペリオたちのあとを追って駆《か》け出《だ》していった。

終幕 〜 ending

「――実際、その後しばらくして、団長たちがオーダンの村に来た。あとはみな知ってのとおりだ」

ゴウセルは、そう言って話を締《し》めくくった。

〝鎧巨人《アーマージャイアント》〟の正体に心当たりがある数名が、息を詰《つ》めたような顔でうつむいていたが、それには気づかないのか、足元ですっとんきょうな声を上げたのは、ピンク色の豚《ぶた》だった。

「そんなデッカイ魚、さぞ食いでがあっただろうになー！」

店を運ぶ巨大豚《きょだいぶた》の息子《むすこ》でもある喋《しゃべ》る子豚・ホークは、いつもお腹《なか》を空《す》かしている。

「食用には適さないはずだが、残飯長なら大丈夫《だいじょうぶ》なのだろうか？」

ゴウセルがまともに返事をしているが、周りは苦笑いに包まれた。

メリオダスは明るく笑う。

「ペリオかぁ、懐《なつ》かしいな。あのチビ、元気かね」

「私はお会い出来なかったんですよね……あのときは風邪《かぜ》で寝《ね》ていましたから。ゴウセルさまも、ペリオくんといつかまた会えるといいですね」

エリザベスの言葉に、ゴウセルは首をかしげた。

「――それはどうだろう。ペリオは別れぎわ、いつか聖騎士《せいきし》になって俺《おれ》を捕《つか》まえると言っていた。もう俺はお尋《たず》ね者《もの》ではないので、その可能性はなくなったかもしれない」

「だったら、普通《ふつう》に会いに行けばいいじゃないですか。この戦いが終わったら」

エリザベスは微笑《ほほえ》む。

「そうですよ！　早く終わらせましょう！」

頭の上に奇妙《きみょう》な猫《ねこ》を乗せた少年・アーサーが明るく言った。

「その可能性はかなり低いと言わざるを得ない」

また淡々《たんたん》と事実を述べ始めたゴウセルを、やれやれ、という顔でマーリンが見ている。

虹《にじ》にまつわる彼《かれ》らの話は、まだもうしばらく続きそうだった。

第二話　虹《にじ》の水《すい》晶《しょう》

Story of Slader

序幕　～　opening

「あら……ヘンドリクセンが暗い顔して上がってきたから何かと思ったけど、みんな楽しそうじゃない」

〈豚《ぶた》の帽《ぼう》子《し》〉亭《てい》の店の奥《おく》、カウンター横の階段を、仮面を着けた大男が下りてきた。

「でもギルサンダーとハウザーもいないわね？」

男は、恐《おそ》ろしげな仮面といかついい体格に似合わぬ、もの柔《やわ》らかな女性口調で言う。

「今さっき、ちょっと外の空気を吸いに行くって玄《げん》関《かん》から出ていったぜ」

ホークが得意そうに言った。エリザベスとテーブルを囲んでいたメリオダスが、振《ふ》り返《かえ》って笑う。

「まあ、あいつらのことは、しばらくそっとしておいてやってくれよ。グリアモールは？」

「さっきのぞいたらよく寝《ね》てたわよ。今ヘンドリクセンが見てるわ」

メリオダスは、男に向かってジョッキを差し出す。

「ところでスレイダー。お前も一杯《いっぱい》やるか？」

「そうね、いただこうかしら」

メリオダスの隣《となり》に腰《こし》を下ろしたスレイダーに、アーサーが、トレイにジョッキと三本のエール瓶《びん》を載《の》せて近づいてくる。

「どうぞ。どれがお好みでしょうか」

「ありがとう。キャメロット国王に注《つ》いでもらうなんて光栄だわ。あのときの坊《ぼう》やが立派になったものよね」

「あっ、そういえば、以前一度お会いしてますよね」

今は自らを鍛《きた》えるために国を離《はな》れている少年王は、気取りもなくそう言うと、ジョッキにエールを注《そそ》ぎ、彼《かれ》の前に置いた。

酒に口をつけるために仮面を外したスレイダーに、一同から、へぇ、と声が漏《も》れる。

「そんなお顔だったのね……もっと怖《こわ》いかと思っていたわ」

エリザベスは思わずそう言ってから、あっ、と口を押《お》さえた。失礼だったかと思ったのだろう。

だが、スレイダーは彼女《かのじょ》に微笑《ほほえ》みかけて、お気になさらず、と言った。

「そうだ、せっかくだから、お前の話も聞かせてくれよ」

メリオダスが、にひひ、と笑った。スレイダーは少し首をかしげる。

「なんの話をしていたんだ？」

仮面を外すと口調も声色《こわいろ》も変わるスレイダーだが、メリオダスをはじめ、誰《だれ》もそれを気には留めない。精神力が魔力《まりょく》に直結する聖騎士《せいきし》には、特定の衣装《いしょう》や武器を身につけることで気分を切りかえる者は、さほど珍《めずら》しくないのである。

「さっき窓の外に虹《にじ》が見えただろ？　それで、虹にまつわる思い出話さ」

「虹か……そうだな」

スレイダーは、少し目を細めて考えていたが、やがて思い出したように言った。

「本物の虹ではないが……そういえば、今、ひとつ思い出した。そう……エリザベス姫《ひめ》にも少し関係があるかもしれない話です」

「まあ。何かしら」

エリザベスが居住まいを正す。

スレイダーは、そんなに楽しい話ではないですが、と前置きして、数年前、王から受けたひとつの任務の思い出を語り始めた。

1

闇《やみ》に沈《しず》む路地を、足音をひそめながら走る人影《ひとかげ》があった。おそらくは男。黒ずくめの服に、口元を布で覆《おお》っている。

夜明け前のひどく冷《ひ》え込《こ》む時間。空には雲が広がり、月もない。

このあたりは、リオネス王都でももっとも猥雑《わいざつ》な盛《さか》り場《ば》だった。

一本向こうの表通りには大きな酒場や食堂が軒《のき》を連ねていたが、さすがにこの時間には、もはやどの店も看板を下ろして静まり返っている。まして路地裏には人気《ひとけ》も灯《あか》りもない。

冷たい壁《かべ》に張りつくようにしてあたりの気配をさぐっていた男は、おもむろに金貨を一枚取り出すと、親指ではじいた。

くるくると空中に跳《は》ね上《あ》がったそれを左手の甲《こう》で受け止めざま、右の手のひらで押《お》さえ込《こ》む。

右手を少し上げて、金貨の裏表を確認《かくにん》する。

そこに刻印されていたのは、人の横顔を模した三日月の形。すなわち、コインは表。

「……よし、左だな」

T字路を左に折れる。裏通りにはやはり誰《だれ》もいない。

男は覆面《ふくめん》の下で満足げにニヤリと笑う。

いつだって〝あの方〟からいただいたこの金貨が、自分たちを導いてくれた。この金貨の示すとおりに行動すれば、決して捕《つか》まることなどなかった。

今回も――この都屈指《くっし》の金持ち商人の家に盗《ぬす》みに入り、たんまりとお宝を持ち出した。この〈幸運《こううん》の月《つき》〉の導きで、今頃《いまごろ》は手下どもも王都の市壁《しへき》を越《こ》えているだろう。

再び分かれ道にさしかかり、男はまた金貨をはじく。

「今度は右」

右手の路地は、連《つ》れ込《こ》み宿《やど》や娼館《しょうかん》、怪《あや》しい占《うらな》い屋《や》などがひしめく吹《ふ》きだまりだ。もうこのあたりはむしろ、彼《かれ》ら悪党の縄張《なわば》りだといえる。

男は少し気を緩《ゆる》め、身を隠《かく》すこともなくその角を曲がった。

「……‼」

だが――そこに彼が見たのは。

「うう……ガスの兄貴、すいやせん……」

道ばたに、光の輪のようなもので拘束《こうそく》され転がされている、ふたりの大男。

もうとっくに逃《に》げおおせたと思っていた、彼の手下ではないか！

「お……お前ら、どうして」

ガスはポケットの中の金貨を握《にぎ》りしめる。

「〈幸運の月〉の魔法《まほう》効果はもうなくなっちまったのか……!?」

「暁《あかつき》闇《やみ》に月は出ない」

ふいに、若い男の声が、傍《かたわ》らの屋根の上から降ってきた。

はっとして顔を上げると――いきなり彼《かれ》の目の前に、ひらりと舞《ま》い降《お》りてきた人影《ひとかげ》。

「盗賊団《とうぞくだん》〈幸運の月《ラッキー・ムーン》〉。お前らのツキもどうやらここまでのようだな」

銀色の長い髪《かみ》をした、小柄《こがら》な少年だった。だが、その身を重厚《じゅうこう》な鎧《よろい》で包み、身《み》の丈《たけ》よりも長い剣《けん》を肩《かた》に担《かつ》いでいる。

その隙《すき》のない身のこなし。冷たい瞳《ひとみ》。

「お、お前……ただの騎士《きし》じゃねぇな……聖騎士か」

ガスはじりっと後じさった。

魔力を持つ聖騎士相手に、万にひとつも勝ち目はない。

手下どもには悪いが、逃《に》げの一手《いって》のみ。

ガスは身を翻《ひるがえ》して、元来た道を駆《か》け戻《もど》ろうとする。

だが、もう遅《おそ》かった。

そこには、炎刃剣《フランベルジュ》をかまえた、美しい女騎士が艶然《えんぜん》と微笑《ほほえ》んでいたのだ。

ガスはとっさにあたりを見回し、そして屋根の上にもまた新たな人影《ひとかげ》を見る。

左には奇妙《きみょう》な丸い兜《かぶと》で顔を覆《おお》った鎧《よろい》の大男。

右には、魔力《まりょく》に光る弓を掲《かか》げた美丈夫《びじょうふ》。

「お、お前たちは……」

「俺《おれ》たちは、国王直属騎士団《きしだん》――〈暁闇の咆哮《ドーン・ロアー》〉」

うろたえるガスの背中に歩み寄りながら、少年は冷ややかに言い放った。

「ド……〈暁闇の咆哮《ドーン・ロアー》〉だって⁉」

うちのめされ転がっていたふたりの手下がうめく。

「確か、殺しが専門の戦闘《せんとう》騎士団だって……それがなんで俺たちみてぇなただのコソ泥《どろ》を！」

「さあね」

女騎士が、赤い唇《くちびる》を歪《ゆが》めて笑った。

「私たちは国王陛下の命令に従うだけ――相手がムシケラでも、他国の一個旅団でも、殺せと言われれば殺す。捕《と》らえろと言われれば捕らえる」

「よかったなコソ泥。幸い今回は殺せとは言われていない。生け捕りにしろとのご命令だ」

長剣《ちょうけん》の少年のその言葉と同時に、美女が右手を軽く掲げた。

その指先に光る輪が浮《う》かび上《あ》がる。ふたりの手下を捕らえている光と同じものだ。

「……くっ」

ガスは歯を食いしばる。もう逃《に》げ場《ば》はない。

だが――そのとき。

ふいに、右手にあるうらぶれた酒場の扉《とびら》が無造作に開いた。

中から現れたのは、酒に酔《よ》って足元もおぼつかない巨漢《きょかん》と、その体に腕《うで》を回して支えている長い髪《かみ》の男だ。

ふたりは、緊迫《きんぱく》している気配に気づかないのか、ふらふらと路地に歩み出てきた。

「ほら、しっかり」

「んもー、スレイちゃんってば優《やさ》しい。このままうちに連れて帰ってもいい？」

巨漢は、体に似合わない幼児のようなしゃべり方で、長髪《ちょうはつ》の男に寄りかかる。スレイと呼ばれた男の方も、少し上気した頬《ほお》でうっとりと巨漢を見上げていた。

（男娼《だんしょう》……？）

ガスの脳内に閃《ひらめ》きが走った。

いきなり巨漢を突《つ》きとばし、スレイの腕を摑《つか》み上《あ》げる。

「オラァ！　こいつを殺されたくなかったら、おとなしく俺《おれ》を逃がせ！」

よろめいて膝《ひざ》をついたスレイの首に腕を掛《か》けて締《し》め上《あ》げながら、ガスは叫《さけ》ぶ。

「ははっ……まだツキは残ってたみたいだぜ」

国王直属の暗殺騎士団《きしだん》とはいえ、いや、それだからこそ、任務外の殺人には慎重《しんちょう》だろう。何よりも、無辜《むこ》の国民を見殺しにしたとなったら、慈悲深《じひぶか》いと有名なリオネス国王に顔向け出来まい。

思ったとおり、〈暁闇の咆哮《ドーン・ロアー》〉の四人は、ゆっくりと武器を下ろした。

だが、その顔に浮《う》かんでいるのは、困惑《こんわく》――あるいは同情の色だった。

「……本当に、ツキがなくなったようね」

女騎士が呟《つぶや》いた。

けれども、その言葉はガスの耳には届かなかったらしい。

ガスは、スレイを引きずるようにしながら、後ろに立つ少年騎士を振《ふ》り返《かえ》る。

「さっさとそこをどけ！」

少年は、やれやれ、という顔でガスを見たが、素直《すなお》に道を開けた。

ガスは高笑いする。

「は！　国王直属ってのも不自由なもんだなオイ。国王も近頃《ちかごろ》は病気がちって噂《うわさ》だし、おっちんだら親分に言って、別の就職口を世話してやっても」

いいんだぜ、と言いきることは出来なかった。

いきなり目の前に火花が飛び散った気がした。

「ぐ……あ……」

ガスは鼻を押《お》さえてその場に膝《ひざ》をつく。

焼けつくような痛み。生ぬるい液体が手の中を流れていく。口の中に鉄錆《てつさび》の味が広がる。

何が起こったのかわからず顔を上げると、目の前に、たった今まで自分が締《し》め上《あ》げていたスレイが立っていた。その手から血が滴《したた》っている。こいつに殴《なぐ》られたのだとやっとわかった。

「王への暴言は、王自らが許そうと、天が許そうと、この俺《おれ》が許さん」

スレイは冷ややかに言った。

さっきまでとはまるで違《ちが》う、氷のようなまなざし。張りつめた空気。

身《み》の丈《たけ》も体格も変わったような気さえする。

こんな大男だっただろうか？　優男《やさおとこ》だと思っていたのに？

冷《ひ》や汗《あせ》が噴《ふ》き出《だ》す。恐怖《きょうふ》に駆《か》られて、ガスはやみくもに手を振《ふ》り回《まわ》した。

だが、スレイはそれをひらりとかわすと、どこからか取り出した鉄の仮面をゆっくりと自分の顔に装着する。

「メイクアーップ！」

奇妙《きみょう》な掛《か》け声《ごえ》とともに、スレイの体はまた大きくなったように思われた。

「お、お前は……お前はいったい……」

尻餅《しりもち》をついたままガスは叫《さけ》んだ。

「私《アタシ》は〈暁闇の咆哮《ドーン・ロアー》〉団長、スレイダー。でも、覚えてもらわなくても結構よ?」

仮面の下の目がすうっと細くなった。笑っているらしい。

「あ、ああ……逃《に》げ……」

逃げなくては。そう思いながら、指一本動かすことが出来ない。

スレイ――いや、スレイダーから放たれる恐《おそ》ろしい圧力が彼《かれ》をその場に縫《ぬ》い止《と》めていた。

「ゆる、ゆるして……」

「安心しなさい。殺しゃしないわ――ジリアン」

スレイダーの言葉に、女騎士《おんなきし》が再び右手を掲《かか》げた。その指先が閃《ひらめ》くと、光の輪がガスの体に投げかけられ、恐ろしい力で締《し》め上《あ》げてくる。

「うあ……」

圧に耐《た》えきれず、ガスはその場に倒《たお》れ込《こ》んだ。

屋根から降りた兜《かぶと》の大男が、先に倒れていたふたりの手下を両肩《りょうかた》に担《かつ》ぎ上《あ》げる。

気絶寸前のガスのそばに、少年騎士が歩み寄ってきた。だが彼はガスには目もくれず、スレイダーに声をかける。

「悪かったね団長《スレイダー》。せっかくの休暇《きゅうか》を台無しにしちゃって。こんなザコ、俺《おれ》たちだけで充分《じゅうぶん》だと思ってたんだけど」

「いいのよサイモン。私《アタシ》たちは掃除人《そうじにん》。町はキレイにしなきゃね」

スレイダーは少年サイモンにウインクした。女騎士《おんなきし》ジリアンが肩《かた》をすくめる。

「でも、いいの？　団長《スレイダー》。彼氏《かれし》には逃《に》げられたみたいだけど」

見ると、さっきガスに突《つ》きとばされた巨漢《きょかん》の姿がない。どうやら恐《おそ》ろしさのあまり逃げ出してしまったようだ。

「ま、仕方ないわね」

「団長《スレイダー》も男運が悪いっスね。いや、男の趣味《しゅみ》が悪いのか」

弓を背負った男が笑う。

「余計なお世話よワインハイト。仕事が終わったら速《すみ》やかに撤収《てっしゅう》」

スレイダーはそう言うと、ガスの腕《うで》を無造作に摑《つか》み上《あ》げた。

2

「任務、大義であった」

豊かなひげを蓄《たくわ》えた国王バルトラは、夜着を着てベッドに腰《こし》かけたまま、そう言って直属騎士《きし》団《だん》の労をねぎらった。

前に跪《ひざまず》いた〈暁闇の咆哮《ドーン・ロアー》〉の五人は、静かに頭《こうべ》を垂れる。

王都を見下ろす小高い丘《おか》の上に立つリオネス王城。ここは、その中央塔《ちゅうおうとう》の最上階にあるバルトラ王の寝室《しんしつ》だった。

まだ朝早く、城詰《しろづ》めの騎士や女官《にょかん》たちの登城も始まっていない。警備の兵士たちも人払《ひとばら》いされていて、あたりは静まり返っていた。

「〈幸運の月〉のコイン——懐《なつ》かしいものだ」

バルトラ王はそう言って、さっきスレイダーから受け取ったコイン——表に三日月が彫《ほ》り込《こ》まれた金貨を指でつまみ、目を細めて眺《なが》めた。

「恐《おそ》れながら、そちらはもともとは陛下の……？」

スレイダーの問いに、王はうなずく。

「そうだ。正確に言えば、儂《わし》がかつて妻に与《あた》えたものなのだよ」

「奥方《おくがた》さま……亡《な》き王妃《おうひ》さまですか」

ジリアンがたずねる。

「左様。このコインにはわずかながら魔力《まりょく》があって、迷ったときに道を示してくれると言われていた。もっともあれは、滅多《めった》に使ってはおらぬようだったが……あのときに使ってくれていたら、むざむざ怪物《かいぶつ》に殺されはしなかったかもしれん」

王は悲しげに目を伏《ふ》せた。

王妃《おうひ》キャロラインは、十数年前、友人たちと王都の外にある泉《いずみ》に遊びに行き、そこで怪物に襲《おそ》われて不慮《ふりょ》の死を遂《と》げたのだった。

「聖騎士《せいきし》のひとりも連れず、ほとんど女ばかりで出かけたもので、まるで抵抗《ていこう》出来ずひどい有り様でな。身につけていた装飾品《そうしょくひん》などがいくつかなくなっているのに気づいたのは、遺体が城に運《はこ》び込《こ》まれてしばらくしてからだった」

「では、そのときにそのコインも……」

「うむ。王妃を殺した怪物は数年後に退治されたが、失われた装飾品は見つからなかった。おそらく騒《さわ》ぎの中で草むらに散乱したものを、後に誰《だれ》かが拾って隠匿《いんとく》したのだろう。宝石商や古物商にも通達を出していたが、今に至るまで見つからなかったのだ」

ごほごほ、と、突然《とつぜん》王は咳《せ》き込《こ》んだ。思わず立ち上がろうとするスレイダーを片手で制する。

「よい。気にするな」

「しかし……お顔の色が優《すぐ》れません。一度お休みください。また後ほど出直して参ります」

「いや……大丈夫《だいじょうぶ》だ。すぐに治まる」

ここ一年あまりでめっきり痩《や》せた国王は、しかし、改めて背筋を伸《の》ばし言葉を続けた。

「先日、儂《わし》の魔力《まりょく》〈千里眼《ヴィジョン》〉が告げたのだ。『〈幸運の月〉は都の暁闇《あかつきやみ》に欠け、〈癒《い》やしの虹《にじ》〉は醜《みにく》きものに輝《かがや》く』と」

国王の魔力「千里眼」は、身近に起こることを漠然《ばくぜん》とした言葉と映像で察知する、いわば予知の能力である。

「予言どおり、〈幸運の月〉を利用していた盗賊《とうぞく》は〈暁闇の咆哮《ドーン・ロアー》〉によって捕《と》らえられた。残るは〈癒やしの虹〉だ」

「〈癒やしの虹〉――陛下はそれにもお心当たりがおありなのですね」

「うむ。それはおそらく、王妃《おうひ》がいつも身につけていた〈虹《にじ》の水晶《すいしょう》〉の首飾《くびかざ》りのことだと思う。やはりあのときに失われたものだ」

王はスレイダー、それから他の団員たちをひとりひとりゆっくりと見回した。

「儂自身にはわからぬが、〈千里眼〉の力が告げる以上、あの水晶を捜《さが》すこともまた、何かの運命を決めるのだろう。連日の仕事で申し訳ないが、儂に力を貸してくれ」

「もったいないお言葉でございます。どうかお気遣《きづか》いなく」

スレイダーは頭を下げる。

「すでに、先ほど捕らえた賊の頭《かしら》から、奴《やつ》らの背後にいる者の情報は得ております」

「うむ、聞かせてくれ」

国王は、満足そうに微笑《ほほえ》んだ。

スレイダーは軽く会釈《えしゃく》して、それから背後に控《ひか》える部下たちに目をやった。ワインハイトがうなずいて語り始める。

「ここからずっと南に下った、半島の先端《せんたん》にある古城をご存じでしょうか——……」

3

あまりの寒さに、テテルは目を覚ました。

ただでさえ薄《うす》い毛布を、隣《となり》で寝《ね》ている少年にいつの間にか取られてしまっていたのだ。

洟《はな》をすすりながら身を起こす。狭《せま》くカビ臭《くさ》い部屋に詰《つ》め込《こ》まれた十人ほどの子供たちはみな、冷たい石の床《ゆか》の上で死んだように眠《ねむ》っている。

いつものように遠くから波の音が聞こえた。

壁《かべ》の高い場所に開いている、腕《うで》一本がやっと通るほどの小さな穴から光が漏《も》れていた。もう夜は明けたらしい。

痩《や》せ細《ほそ》った腕を自分でさすりながら、テテルは剝《む》き出《だ》しの石壁にもたれかかる。

「おら！　いつまで寝《ね》てんだ！　起きろガキども！」

鉄製の重い扉《とびら》が乱暴に開かれ、大柄《おおがら》な赤ら顔の男が入ってきた。

子供たちは全員跳《は》ねるように飛び起きる。もちろんテテルも立ち上がって、男に頭を下げた。

「おはようございます！　チャドさん！」

「喜べガキども、仕事だぞ！」

「ありがとうございます！」

引きつったような声で唱和し、子供たちはチャドのあとについて部屋を出る。

細くじめじめとした通路を抜《ぬ》け、階段を上がると、急にまぶしい光に目を焼かれた。古城の中庭に出たのである。

「…………」

庭には、人間の死体が三つ転がっていた。

ひとつは見知らぬ、小ぎれいな顔をした若い男。残りふたつは、この館《やかた》に出入りしていた悪党の仲間だ。

お互《たが》いに殺し合ったのか、全員手に血のついた武器を握《にぎ》りしめている。

「とっとと片付けろ。いつもどおり、服は引っぺがして捨て、武器は洗って倉庫へ運ぶんだ。死体は裏の崖《がけ》から海に捨てろ」

「……はい」

子供たちはうつろな顔でうなずくと、さっさと作業にかかった。

ここがどういう場所なのか、テテルはよく知らない。

知っているのは、この海辺の断崖《だんがい》の上に立つ古城の主《あるじ》が、人々からアーヴィング卿《きょう》、と呼ばれていることだけ。

そして、城に出入りする人間にマトモな者は誰《だれ》ひとりいないということ。

毎晩のように、古城では乱痴気騒《らんちきさわ》ぎが行われていた。

夜な夜な響《ひび》き渡《わた》る、嬌声《きょうせい》、嗤《わら》い声《ごえ》、悲鳴。

恐《おそ》ろしげな獣《けもの》の鳴き声がすることもあった。

そして翌朝、大広間や中庭にはこうして死体が転がっているのだ。

テテルも、数年前に掠《さら》われてきて以来、ずっとここで汚《よご》れ仕事《しごと》をさせられて暮らしている。

その名前も本当の名ではない。親につけられたはずの名前はもう忘れた。

テテルとは、どこか遠くの古い国の言葉で「醜《みにく》い」という意味だという。

初めてテテルを見たアーヴィング卿が、高笑いとともに「なんという醜い子供だろう！　いずれ見世物小屋にでも売れるかもしれない」と言ったのがそのまま呼び名になったのだ。

死体は早くも腐臭《ふしゅう》を放ち始めていたが、子供たちはもう慣れて何も言わなくなっていた。

手を血で汚《よご》しながら死体から服を剝《は》ぎ、裸《はだか》になった骸《むくろ》を数人で担《かつ》いで、古城の裏に運ぶ。

城の裏は切り立った崖《がけ》になっていて、下は海だった。

強い海風が吹《ふ》きつけ、波が岩場を抉《えぐ》っている。

テテルたちは震《ふる》えながら、死体を投げ落とした。

いつかは自分もここから捨てられるんだろう、と思う。

だが、もう恐《おそ》ろしいとかいう気持ちはなくなりつつあった。

ただ——早く楽になりたかった。

4

「……なるほど、あれがその古城ね」

馬を並べて荒野《こうや》を進んできた〈暁闇の咆哮《ドーン・ロアー》〉の五人は、城の見える場所で立ち止まった。海から吹きつけてくる風が、スレイダーの長い髪《かみ》を煽《あお》る。

「荒《あ》れてますね——聞いた話だと、もう何年も前からあそこには、例の貴族が住んでるらしいんですが」

鎧《よろい》の騎士《きし》ヒューゴの言葉に、ジリアンが目を細める。

「住んでるというか、半分幽閉《ゆうへい》されているみたいなものなんでしょ」

「──その貴族は、少しだけど王家の血を引いているらしいのよ」

スレイダーはため息をついた。

「子供の頃《ころ》から血を見るのが大好きで快楽に溺《おぼ》れる質《たち》だったから、親兄弟にも見放され、親類縁《しんるいえん》者《じゃ》もてあまし、最終的にあそこへ押《お》し込《こ》められたってことよ。王も噂《うわさ》は聞いていてお心を痛めていたようだけれど、なまじ血筋がいいから、なかなか難しいことだったようね」

「もうなんでもいいから、さくっとやっちまおうぜ。どうせいるのは、はぐれ者のチンピラばっかりなんだろ。あの〈幸運の月《ラッキー・ムーン》〉の連中みたいにさ」

サイモンが、長剣《ちょうけん》を抜《ぬ》きはなつと鋭《するど》く振《ふ》った。離《はな》れたところの草むらが霊圧《れいあつ》で一気に刈《か》り取《と》られ、身を隠《かく》していたウサギが驚《おどろ》いて駆《か》け去《さ》っていく。

「……そう言ってるうちに、どうやらお出迎《でむか》えみたいね」

スレイダーが、馬からゆっくりと下りた。

彼《かれ》の言うとおり、城からこちらへ続く道を、五頭ばかりの馬が駆けてくるのが見えた。その後ろには、徒歩《かち》の人影《ひとかげ》が十数人。いずれも、鎧《よろい》も武器もてんでまちまちで、一目で山賊《さんぞく》や野盗《やとう》のたぐいとわかる。

「やいやい、てめえら、何者だぁ?」

先頭切って駆《か》け寄《よ》ってきた、顔に傷のある大男が、いかつい鎌《かま》を振《ふ》りかざしながら叫《さけ》んだ。赤ら顔に金髪《きんぱつ》は、北方の蛮族《ばんぞく》の血を引いているのかもしれない。

「……おお、イヤだ」

スレイダーは仮面の下の顔をしかめる。

「知性ってものが感じられないわ」

「好みじゃないっスか？」

ワインハイトが笑い、ジリアンが馬上で肩《かた》をすくめる。

「団長《スレイダー》は気は優《やさ》しくて力持ち、みたいな感じが好みなのよ。ルックス的には幅広《はばひろ》いから節操なしに見えるだけで」

「節操なしだなんて、ずいぶんじゃないの」

言いながら、スレイダーは特に腹を立てている様子でもなかった。

大男が鎌を振りかざす。

「何をのんびり喋《しゃべ》ってやがるんだ！　てめえらバカなのか！」

「別にバカじゃないけれど。私《アタシ》たちはあの城の領主さまに用があって来たのよ。案内してくれないかしら？」

がははは、と男は笑った。後ろに続く騎馬《きば》の仲間たちも、やっと追いついてきた徒歩《かち》の連中も、下品に大口を開けて爆笑《ばくしょう》している。

「てめえらどっかでしくじった騎士崩《きしくず》れかぁ？　アーヴィング卿《きょう》に会いたきゃ、まず俺《おれ》たちを倒《たお》してから――……」

男は、最後まで言いきることが出来なかった。

光が一閃《いっせん》し、次の瞬間《しゅんかん》、血飛沫《ちしぶき》が上がる。

先頭の男だけではなく、馬に乗っていた五人の男の首が一度に跳《は》ねとんで、ぽんぽん、と間抜《まぬ》けな音を立てて岩場を転がっていった。

「もうわかったから。これでいいだろ」

サイモンがにやりと笑った。

馬たちは無傷だったが、突然《とつぜん》のことに驚《おどろ》いて、噴水《ふんすい》のように血を噴《ふ》き出《だ》す胴体《どうたい》を乗せたまままちりぢりに走りさっていく。

ぽかん、と見つめていた徒歩《かち》の男たちも、やっと状況《じょうきょう》を理解したらしい。半分ぐらいは慌《あわ》てて逃《に》げ出《だ》したが、残り半分はいきり立って武器をかまえた。

「やれやれ……サイモン、気が早いんじゃないの」

スレイダーは持っていた馬の手綱《たづな》を放した。

「お行き。その辺で草でも食《は》んでなさい」

他の四人も馬から下りる。五頭の馬は規律正しく一列になって、元来た道を駆《か》け戻《もど》っていく。

「正面から事をかまえるつもりはなかったんだけど。……まあいいわ」

いつの間にか、スレイダーの手には、鋸状《のこじょう》の刃《は》がついた大剣《たいけん》が握《にぎ》られている。

「さっさと片付けてしまいましょう」

「了解《りょうかい》」

国王直属の暗殺騎士団《きしだん》〈暁闇の咆哮《ドーン・ロアー》〉――五人の体が、魔力《まりょく》によって鈍《にぶ》く光り始めた。

5

死体の後始末を終えたテテルたちが疲《つか》れきって中庭に戻ると、そこには、城主のそばにいつもいる、リックという瘦《や》せた若い男が立っていた。

子供たちは目を輝《かがや》かせる。リックが出てきたということは、もしかしたらアレを見せてもらえるかもしれない。

思ったとおり、リックは微笑《ほほえ》みながら、彼《かれ》らに告げた。

「よく頑張《がんば》ったな。城主さまからご褒美《ほうび》があるぞ」

子供たちは、わっと歓声《かんせい》を上げ、彼について城に入る。

うす暗い廊下《ろうか》を歩き、主館の正面階段を上っていく。

城館の整備には無頓着《むとんちゃく》な主《あるじ》のせいで、館は荒《あ》れていた。あちこちが壊《こわ》れ、埃《ほこり》が積もっている。

天井《てんじょう》のあたりには蜘蛛《くも》の巣が張り、壁《かべ》に掛《か》けられているいくつかの肖像画《しょうぞうが》はすすで汚《よご》れて顔もわからない。飾《かざ》ってある鎧《よろい》も錆《さ》びついていた。

だが、階段を上りきり、一番大きな塔《とう》の最上階にたどりつくと、様子が一変する。

きちんと磨《みが》き上《あ》げられた廊下と赤い絨毯《じゅうたん》が、彼《かれ》らを出迎《でむか》えた。

一番奥《おく》の、重々しい木の扉《とびら》には、美しい薔薇《ばら》の文様が浮《う》き彫《ぼ》りにされていた。

「さて、お前ら並べ」

みな、前のめりになりながら二列に並ぶ。テテルは小柄《こがら》な体をいかして、最前列に陣取《じんど》ることに成功した。

リックはもったいぶって一同を見回し——それから、ふと思い出したように言った。

「そうそう……忘れていた。城主さまから、そろそろクズ拾いも数を減らせと言われていたんだった」

その言葉と同時に、列の後ろ、まだ階段に立っていた三人がいきなりどさりと倒《たお》れた。

「……え？」

一番前にいたテテルは何が起きたかわからなかった。

ひいっ、と悲鳴が上がった。

いつの間にか列の後ろに、彼《かれ》らの世話係、赤ら顔のチャドが立っている。

その手に、血のついた刃が握《にぎ》られていた。

足元には血だまり。転がる三人の子供。

テテルは息を呑《の》んだが、悲鳴は上げなかった。さっき一番大きな声を上げた子供が、ついでのように殺されるのが目の端《はし》に見えたからだ。

死にたくない――ここで死んだら、〝あれ〟に触《さわ》れなくなってしまう。

テテルは奥歯《おくば》をかみしめ、ひたすらうつむいていた。

「ま、このぐらいでいいか。よし、残りは中に入れ」

リックが、ゆっくりと扉《とびら》を開いた。

生き残った六人は、もう振《ふ》り返《かえ》らずに扉を潜《くぐ》る。

この部屋に入るのは、一か月ぶりだ。

足が沈《しず》むほど毛足の長い絨毯《じゅうたん》が敷《し》きつめられている。天井《てんじょう》からは、無数のロウソクが揺《ゆ》れる豪華《ごうか》なシャンデリアが部屋を明々と照らしていた。

奥の壁《かべ》には窓があるのだが、そこは分厚いカーテンでふさがれている。部屋の中央には、ごてごてとした装飾《そうしょく》の大きな寝椅子《ねいす》があり、そこに、ひとりの男が横たわっていた。

髪《かみ》はほとんどなく、太りすぎているせいで年齢《ねんれい》もよくわからない。

おそらく、もう自分で立つことも出来ないのだろう。この部屋から出るときはいつも、人が担《かつ》ぐ輿《こし》に乗っている、この男こそ、この城の主《あるじ》、アーヴィング卿《きょう》だった。

「ご機嫌《きげん》うるわしゅう、アーヴィング卿」

子供たちは、教えられたとおりに唱和した。

「相変わらず汚《きたな》いチビどもだな」

卿は、酒のせいで嗄《か》れきった声で言う。

「まあいい……一か月仕事をやりきった褒美《ほうび》だ」

「ありがとうございます！」

卿が、すべての指に指輪のはまった、むっちりとした手をのろのろと上げると、痩《や》せっぽちのリックが部屋の奥《おく》に進む。

壁《かべ》ぎわに立てられた〝それ〟から、リックが覆《おお》いの黒い布を剝《は》ぎとる。

ああっ……と、子供たちから声が漏《も》れた。

もちろんテテルも〝それ〟に吸い寄せられるように首を伸《の》ばす。

そこにあるのは、まるで生きているかのような、大理石で出来た等身大の女の像。

その首に、テテルの親指ほどの大きさの、水晶《すいしょう》のペンダントが掛《か》けられている。

窓から差《さ》し込《こ》む光に、その水晶《すいしょう》はキラキラと虹色《にじいろ》に輝《かがや》いていた。

リックは、そのペンダントを像の首からもったいぶって外し、チェーンを両手でつまみながら引き返してきた。

テテルも、他の子供たちも、息を呑《の》みながら水晶を見つめる。

「ようし……では、お前からだな」

リックはゆっくりと、テテルの隣《となり》に立っていた少年に近づいた。前にかがみ込《こ》んで、そのペンダントを彼《かれ》の首に掛《か》ける。

「……ありがとうございます……」

かぼそい声でそう言いながら、少年は水晶を、ぎゅっ……と、手の中に握《にぎ》り込《こ》む。

テテルはため息を漏《も》らす。

うらやましい。こいつを突《つ》きとばして、今すぐあれを奪《うば》いたい。

でも――そんなことをしたら、きっと殺される。

いやだ。あれに触《さわ》らず死ぬなんていやだ。

奥歯《おくば》を食いしばり、じっと順番を待つ。

「さあ、もう終わりだ」

リックが、うっとりと目を閉じている少年の手を無理やり開かせ、ペンダントを奪いとった。

「あ……」

かぼそい声が聞こえ、少年は一瞬抵抗《いっしゅんていこう》しようとしたが、すぐにあきらめてその場にしゃがみ込《こ》んでしまった。

「次はお前だな」

リックは、テテルに向き直る。

「おねがいいたします」

テテルが、胸をときめかせながら首を差し出した、そのとき。

「……なんだか外が騒《さわ》がしいようだが」

アーヴィング卿《きょう》がしわがれた声で不愉快《ふゆかい》そうに言った。

出口の扉《とびら》のところに立っていたチャドが、一礼して外へ出ていった。リックも、ペンダントを握《にぎ》ったまま、窓の方へ歩き出す。

「……あ」

次は自分の番だったのに。

テテルは思わず伸《の》ばそうとした手を、慌《あわ》てて胸の前へ引《ひ》き戻《もど》す。

リックは、窓ぎわに歩み寄ると、臙脂色《えんじいろ》の分厚いカーテンを少し開けて、外の様子をうかがおうとした。

そのとき。

「――!?」

窓のガラスと木枠《きわく》が粉々にはじけ飛び、リックが痙攣《けいれん》しながら仰向《あおむ》けに倒《たお》れた。

テテルも、子供たちも、とっさに口を押《お》さえて悲鳴を押し殺す。

「なんだ……どうしたのだ!」

アーヴィング卿《きょう》が、おろおろと手を振《ふ》る。彼《かれ》のところからは寝椅子《ねいす》の背もたれが邪魔《じゃま》になって、窓の方は見えないのだ。

テテルは、立ちすくんでいる子供たちの中から真っ先に飛び出し、倒れたリックに駆《か》け寄《よ》った。

胸に一本の矢が刺《さ》さっている。

リックはもう息をしていなかった。

テテルは、彼の手を開かせて、水晶《すいしょう》をもぎとる。

だって、次は自分の番だったのだから。

温《つら》かい――痺《しび》れるような感覚。

辛さも痛みも、すべてが消えるような波動《はどう》が体を包む。

テテルはうっとりと目をつぶる。

このままずっと、これを握《にぎ》って眠《ねむ》っていたい。これさえあればそれでいい。

その場に膝《ひざ》をつき、体を丸めてへたり込《こ》みそうになったとき――……。

「よっこらせと」

窓の穴に、ふらり、と影《かげ》が差した。

薄《うす》いひげを生やした若い男が、ひょい、と穴を潜《くぐ》って顔を出す。その手に大きな弓を携《たずさ》え、背中には矢筒《やづつ》を背負っていた。間違《まちが》いなく、この男が射手だろう。

「……なんだ、ガキばっかりじゃないスか。あれ？　ここが城主の部屋じゃないのかな」

男は、部屋の中で棒立ちになっている子供たちを、困惑《こんわく》した顔で見回した。

「なんだ……何がどうなった……おい、リック！　返事をしろ」

まだ何が起きたかわからず、アーヴィング卿《きょう》は両手を振《ふ》り回《まわ》している。

「ああ、そこにいたんスか」

ひらり、と、男は窓枠《まどわく》を蹴《け》って、一跳《ひとと》びに部屋の中央へ降り立った。

子供たちはひいひいとか細く悲鳴を上げながら、部屋の壁《かべ》ぎわに張りつく。

テテルも彼《かれ》らに紛《まぎ》れて、水晶《すいしょう》を握ったまま、出口に近い壁に身を寄せた。

他の子供たちはもうおろおろしているばかりだが、テテルは違《ちが》う。

(様子をうかがって、隙《すき》あらば逃《に》げ出《だ》してやる)

弓矢の男は、そんな彼《かれ》らを気にも留めず、寝椅子《ねいす》の正面に回ってアーヴィング卿《きょう》を見下ろした。

「アーヴィング卿ってのはあんたっスね」

「なんだ、なんなんだお前は！　無礼な！」

卿は口から泡《あわ》を吹《ふ》きながら身を起こそうとする。だが、結局動くのは二本の腕《うで》だけだった。

「このわしが、王家の血を引く由緒《ゆいしょ》正しいアーヴィング家の者と知ってのことか！」

「もちろん、存じ上げておりますわ」

ギィ、と扉《とびら》が開いて、今度は仮面を着けた大男が入ってきた。

「私《アタシ》たちは、リオネス国王直属騎士団《きしだん》〈暁闇の咆哮《ドーン・ロアー》〉。バルトラ国王の命で参上しました」

「な……なんだって……」

アーヴィングは真っ青になった。なんとか逃《に》げようとむやみに腕を振《ふ》り回《まわ》し、短い足をばたつかせる。だが、やはり立ち上がることは出来ず、無様に寝椅子から転げ落ちた。

「誰《だれ》か……誰かおらんのか……リック！　チャド！　デイビス！」

「残念ながら、もうこの城には生きている者はひとりもおりませんわ」

再び扉が開き、今度は蜂蜜色《はちみついろ》の髪《かみ》をした美しい女が入ってきた。その手には波打つ刃《は》のついた剣《けん》が握《にぎ》られていて、血が滴《したた》っている。

「ひとり残らず、私どもが始末いたしました——せめてもう少し腕《うで》の立つ者をお雇《やと》いになるべきでしたわね」

「私《アタシ》たちは国王の影《かげ》。表沙汰《おもてざた》には出来ぬことを闇《やみ》から闇へ葬《ほうむ》るのも仕事のひとつ。アーヴィング卿《きょう》、お覚悟《かくご》を」

ひいっ、と引きつった悲鳴を上げ、卿は床《ゆか》でじたばたともがいた。だが、醜《みにく》く太った体がごろりと転がっただけだ。

「なぶり殺しみたいでやりづらいわねぇ」

仮面の男はため息をつく。

「俺《おれ》がやりましょうか？」

弓矢の男が、背中の筒《つつ》から一本の矢を抜《ぬ》きとりながら言った。だが、仮面の男は首を振《ふ》る。

「見たところ、この体では相当心臓に負担がかかってるでしょう。だったら刃物《はもの》なんか必要ないわ——これで」

いきなり、どん！　と空気が重くなった。

テテルも、見えない手にその場に押《お》さえつけられたように感じて、目の前がふっと暗くなる。

周りで子供たちがバタバタと倒《たお》れていくのが見えた。

一瞬《いっしゅん》気を失いそうになったが、必死で唇《くちびる》をかんで耐《た》える。

こんなところで死んでたまるか——生きてやる、なんとしても。

「……あら」

仮面の男はぐるりとあたりを見回しながら言った。

「セーブしたつもりだったけど巻《ま》き込《こ》んだかしら。悪いことしたわ」

彼《かれ》の足元で、アーヴィング卿《きょう》は白目を剝《む》き、口から赤黒い舌をだらりと出して動かなくなっていた。

女と、弓矢の男が倒《たお》れている子供たちをひとりひとり見て回っている。

「気を失ってるだけっスよ」

「みんな瘦《や》せてるわね……かわいそうに。ろくに食べさせてもらえなかったんでしょ」

テテルは息を殺しながら身がまえた。ふたりが近づいてくる。手の中の水晶《すいしょう》が見つかってしまう。

「ねぇ、もうすんだの」

三度《みたび》扉《とびら》が開いて、外から銀髪《ぎんぱつ》の少年が顔を出した。

その瞬間《しゅんかん》、テテルははじかれたように走り出した。少年を突《つ》きとばし、扉の外へ転がり出る。

「あっ、待て！」

「サイモン、捕《つか》まえなさい！　その子、何か持ってるわ」

女の声が飛ぶ。テテルはよろめく足で必死に走った。

もうどうにでもなれ。この水晶《すいしょう》は自分のものだ。絶対に誰《だれ》にも渡《わた》さない。

テテルはさっき殺された子供たちの死体をふみつけて、階段を転がるように駆《か》け下《お》りていく。

「待てって言ってるだろ」

いきなり、頭の上を飛《と》び越《こ》えて、さっきの銀髪《ぎんぱつ》の少年が目の前に立ちふさがった。

「ぶった斬《ぎ》られたいのか」

身長より長い剣《けん》が、少年の手に光っていた。

6

「たいした根性っスね。誰よりチビなのに、団長《スレイダー》の〈威圧《オーバーパワー》〉をしのいで、ましてや走るとは」

ワインハイトが弓を肩《かた》に担《かつ》ぎながら、階段を下りていく。

子供は行く手をサイモンにふさがれ、踊《おど》り場《ば》で立ちつくしていた。サイモンの後ろには、下から鎧《よろい》の騎士《きし》のヒューゴも上がってきている。

ワインハイトの後ろから、続いて下りてきたスレイダーは、子供の前にかがみ込《こ》む。

「……何を持ってるの」

ぎょっとするほど醜《みにく》い子供だった。幼いときにケガでもしたのか左のまぶたが引きつれていて、そのせいで目の大きさが左右で違《ちが》って見える。鼻はほとんど穴だけしかなく、口ばかりが大きい。

垢《あか》と汚《よご》れが染《し》みついて元の色もわからなくなった服。痩《や》せ細《ほそ》りすぎて何歳《さい》ぐらいなのかすら見当がつかない。

「お見せなさい」

スレイダーは、子供の胸元《むなもと》に手を伸《の》ばした。だが、子供はイヤイヤと首を振《ふ》り、手を開こうとしない。

「かすかに魔力《まりょく》の波動を感じるわ」

「それが〈虹の水晶〉よ、団長《スレイダー》」

ジリアンも下りてきた。

「上で倒《たお》れてた子のひとりが、うわごとみたいに、水晶《すいしょう》、って言っていたわ。どうやらその水晶の癒《い》やしの力で人を操《あやつ》っていたようね。いくつもの窃盗団《せっとうだん》を使って、人や物を集めて、ばらまいて、また殺して……吐《は》き気《け》がするわ」

「陛下はお嘆《なげ》きになるわね」

スレイダーは肩《かた》をすくめた。

そのとき、目の前の子供が声を張り上げた。

「殺せ！　これが欲《ほ》しいなら、おいらを殺せ！」

「……何を言ってるの。あんたなんか殺しはしないわよ。どうせどっかから掠《さら》われてきてこき使われていたんでしょう。さあ、〈虹の水晶〉を渡《わた》しなさい。そうすればあんたは自由よ」

「イヤだ！　これは渡《わた》さない！」

子供は水晶《すいしょう》を抱《かか》え込《こ》んでますます体を縮めた。

「取るなら殺してから勝手に取ればいい！」

「団長《スレイダー》。もう面倒《めんどう》だから殺せば」

サイモンが長剣《ちょうけん》の鍔《つば》をカチャカチャと鳴らしながら言う。

スレイダーは目を細め、じっと子供を見下ろしていたが、やがてハッと息を呑《の》んだ。

「……あんた、もしかして女の子じゃない？」

「えっ⁉」

その場の全員が、思わず声を上げた。

それほどその子供は薄汚《うすぎたな》く、痩《や》せ細《ほそ》っていて、少女らしさなど微塵《みじん》もなかったからだ。

「……ち、違《ちが》う……おいら、女なんかじゃ……」

口ではそう言ったが、子供のうろたえぶりからそれが真実なのは明白だった。

やがて彼女《かのじょ》は、水晶《すいしょう》を握《にぎ》りしめたまま、しくしくと泣き始めた。

「……やれやれ……どうします？」

ヒューゴが困ったようにたずねる。サイモンはもう飽《あ》きてしまったらしく、馬を集めてくる、と言い残して、階段を下りていってしまった。

スレイダーは、それでもしばらくの間、じっと彼女を見つめていた。

踊《おど》り場《ば》には、小さな窓から斜《なな》めに光が差《さ》し込《こ》んでいた。それに照らされて、彼女の垢《あか》じみた頬《ほお》がてらてらと光っている。

悪党に掠《さら》われて、汚《よご》れ仕事《しごと》をさせられていた子供。

それは、スレイダー自身の身の上と同じだった。

いつ殺されるかわからない日々の中では、自分を偽《いつわ》らなくては生きていけない。そのことは身をもって知っている。

「……あんた、名前はあるの」

スレイダーの問いに、少女はかすれた声で返事をした。

「……本当の名前はもう忘れた……ここではテテルって呼ばれてた」

「テテルね……ヘンな名前だわ」

ふう、と、スレイダーは息を吐《は》いた。

「ひとつ残念なことを教えてあげる。あんたが今握《にぎ》りしめてる水晶《すいしょう》だけど、癒《い》やしの効果はいつかはなくなるそうよ」

「えっ……」

テテルは驚《おどろ》いて顔を上げ、おそるおそるその手を緩《ゆる》めた。

中で水晶は今も虹色《にじいろ》に輝《かがや》いている。

「効果を持続させるためには、十年に一度ぐらい、ドルイドの祈《いの》りで清める必要があるんですって。前に祈りを受けてからとっくに十年経《た》ってるそうだし、ましてやこんな場所でこんな使われ方をしてたんじゃ、そろそろ完全に力は消えるんじゃないかしら」

「……そ、そんな……」

テテルは震《ふる》えながら水晶を見つめる。

「だったらおいらは……これからどうすれば……」

その目から、また、ワッと涙《なみだ》があふれ出した。

「やっぱり殺してくれ！　もう死にたい！　おいらみたいな醜《みにく》い女、これからひとりでどうやって生きていけばいいんだよ！」

「団長《スレイダー》」

ヒューゴが兜越《かぶとご》しにちらりと合図を送る。今なら簡単に、テテルの手から水晶をもぎ取れそうだった。

スレイダーは、ゆっくりと、その大きな体を折り曲げるようにしてテテルの前にかがみ込《こ》んだ。

「殺すのは簡単なことだけど——本当にそれでいいの？」

「…………」

テテルの引きつれたまぶたの下の目を見つめながら、スレイダーは続ける。

「死のうと思ったことは何度でもあったでしょう。死ぬ機会もあったんじゃない？　外はあんな崖《がけ》だもの。でもあんたはそうしなかった——それはどうして」

「だって……それは、頑張《がんば》っていれば、水晶《すいしょう》に触《さわ》らせてもらえるから……」

「それだけかしら」

「…………」

スレイダーは、ふと遠い目をした。

「私《アタシ》もね、ずっと昔、あんたと同じような境遇《きょうぐう》だったのよ。自分の本当の名前も、親の顔も、自分の誕生日も——何ひとつ覚えちゃいないわ。何度も殺されかけたし、死にたいと思ったこともある……でも、結局死ななかった。周りでは何人も死んでいったけれど、私《アタシ》は死ななかったわ」

「…………」

「ここの上のところでも何人か子供が殺されていたわね。あんたがああなっていてもおかしくなかったでしょう。でもあんたは生きてる」

「……そう、だけど」

「本当に死にたいの？　どうしてもというなら、殺してあげる。あんたの好きなやり方で。私《アタシ》のこの大剣《たいけん》で真っ二つかしら。それとも矢で貫《つらぬ》こうかしら。縛《しば》り首《くび》がいいかしら？」

スレイダーは、言いながら仲間たちを順々に見た。それに応えるように、ワインハイトが弓を、ジリアンが指先の光の輪を掲《かか》げてみせる。

「痛いわよ。どれを選んでもね」

「……うう……ううう」

テテルは、水晶《すいしょう》を握《にぎ》りしめたまま、ついにその場に泣《な》き伏《ふ》してしまった。

スレイダーは、その前にゆっくりと手を差し出しながら続けた。

「あんたには、運も強さもあると思うわ。私《アタシ》の〈威圧《オーバーパワー》〉でも気を失わず、私《アタシ》たちの隙《すき》を突《つ》いて逃《に》げようという根性は見上げたものよ。それがあれば充分《じゅうぶん》生きていけるわよ」

「……こんな醜《みにく》くてもか！」

テテルは顔を上げ、かみつくように言った。泣いたせいで、まぶたが腫《は》れて片方の目はほとんど糸のようになっていたし、鼻水がたれて、本当にひどい顔だった。

「ちょっとは覚えてるんだ。掠《さら》われてくる前のこと。誰《だれ》もおいらを可愛《かわい》がってくれる人なんかいなかったことだけは！」

「顔なんか、隠《かく》してしまえばいいのよ」

スレイダーは仮面の下でにんまりと笑った。

「仮面でも、化粧《けしょう》でも、方法なんかいくらでもあるでしょうし。素顔《すがお》のときより、顔を隠してるときの方が本音が言えるなんて人も、いくらでもいるでしょ」

「……それは、あんたのことか？」

テテルは手の甲《こう》で涙《なみだ》と鼻水をぬぐいながらスレイダーを見上げた。スレイダーは片目をつぶる。

「さあね」

「…………」

テテルは、それでもしばらくの間、唇《くちびる》をかみしめて考《かんが》え込《こ》んでいたが、やがて小刻みに震《ふる》える手で、スレイダーの手のひらに、そっと〈虹の水晶〉を載《の》せた。

「ありがとう」

スレイダーがそう言ったとき。

水晶《すいしょう》から、さあっ、と、小さな虹《にじ》が立ち上った。

虹の光は小さなアーチを描《えが》いて、テテルの頭の上を飛《と》び越《こ》えるようにして消えた。

「……虹」

「〈癒やしの虹〉は醜《みにく》きものに輝《かがや》く……か」

スレイダーはそう呟《つぶや》くと、おもむろに左手の革手袋《かわてぶくろ》についていた鋲《びょう》のひとつを取り外した。

それは金属の鋲ではなく、表面に魔法文字《まほうもじ》が書かれた〈呪言《じゅごん》の玉《たま》〉と呼ばれる魔具だ。

「陛下、お聞きになっておられますか」

スレイダーが玉に向かって語りかけると、玉がチカチカと光り始めた。

『よく聞こえておるぞ、スレイダー』

玉の明滅《めいめつ》に合わせて、バルトラ国王の声が流れる。これは「遠話」の魔力が込《こ》められた玉なのだった。

「〈虹の水晶〉、確かに回収いたしました」

『大義であった。早々に戻《もど》るがよい』

「はい――あわせて、悪事に荷担《かたん》させられていた五名の子供を保護しましたので、王都に連れ帰ることをお許しください」

テテルは驚《おどろ》いて口をあんぐりと開けた。

『あいわかった。至急近隣《きんりん》の村より馬車を出すように命じよう』

バルトラ王は、なんのためらいもなくそう言いきり、そして「遠話」は切れた。

「さぁ、撤収《てっしゅう》よ。ヒューゴは、念のためにもう一度城の中を確認して、ついでに私《アタシ》たちが休めそうな部屋を確保。ワインハイトはサイモンと合流して、王のお言葉を伝えてちょうだい。ジリアンは上で気絶してる子供たちを起こして」

「了解《りょうかい》」

スレイダーがきびきびと命じ、団員たちは素早《すばや》く散っていく。

彼《かれ》は、足元でまだ呆然《ぼうぜん》としているテテルに向き直った。

「あんたもジリアンを手伝って、仲間たちに説明してきなさい」

「……本当に？　本当にお前たちを信じていいのか？」

テテルの言葉に、スレイダーはうなずく。

「今日が、あんたの新しい誕生日になることを祈《いの》ってるわ。きっと虹《にじ》の加護《かご》があるでしょう」

スレイダーが言うと、テテルはようやく微笑《ほほえ》んだ。

その顔は相変わらず醜《みにく》かったが、どことなく愛嬌《あいきょう》があって、スレイダーも思わず笑ったのだった。

終幕 ～ ending

「――それで、その子供たちはどうなったんですか？」

アーサーがたずねる。スレイダーは、再び仮面をかぶり直しながら答えた。

「――自分の名前や住んでいた村を覚えていたふたりは親元に帰され、あとは王都の商家や騎士《きし》の家の下働きに入ったと聞いたわ」

「テテルちゃんは？」

エリザベスが、声を詰《つ》まらせながら聞く。すっかり感情移入して泣いていたのである。

「魔力《まりょく》の資質があるらしいということで、聖騎士《せいきし》を目指してはという話も出たんだけれど、本人が戦うのはイヤだと言うので、旅の魔術士の弟子《でし》になって王都を離《はな》れたそうですわ」

「ほほう」

マーリンが腕《うで》を組みながら相づちを打った。

「魔術士は顔を隠《かく》している者も多いし、逆に醜《みにく》い方がそれらしく見えると、わざと顔を汚《よご》す者もあるほどだからな。その娘《むすめ》の醜貌《しゅうぼう》も気になるまい」

「お姉さまの口から聞くと皮肉ですわね」

絶世の美女であるマーリンの言葉に、スレイダーは苦笑する。だがマーリンは何食わぬ顔で続けた。

「美しさも醜《みにく》さも等しく皮一枚のことだ。考えようによって武器にもなれば欠陥《けっかん》にもなり得《う》る。生まれつき人は平等ではないし、運によって左右されることは多い――だが、きっかけさえあれば、やり直すことが出来るのもまた人間だろう」

「……本当にそうですね」

まだ泣いていたエリザベスが、洟《はな》をすすり上げながらうなずく。

「私も、両親の顔も生まれた場所も知りません。ひとつ間違《まちが》ったら、そのテテルちゃんのように悲惨《ひさん》な人生を歩んでいたのかもしれない。でも、私はお父さまやお姉さまたちが本当の家族として迎《むか》えてくれ、王国のみんなも、王家の一員として大切にしてくれました。それがどんなに幸福で幸運なことだったか今ならわかります……私は一生かけてその恩返しをしなくては……」

「お前はもう充分《じゅうぶん》頑張《がんば》ってるさ」

メリオダスが言いきった。

「ありがとうございます、メリオダスさま……ひゃんっ!?」

「口ではいいこと言いながら、姫《ひめ》のお尻《しり》を触《さわ》るのはやめなさい！」

スレイダーの「威圧《オーバーパワー》」が放たれ、メリオダスの顔はテーブルに押《お》しつけられる。

「と、ところで、〈虹の水晶〉はどうなったのでしょう。私、見たことがないのですけど……」

苦笑いしながらエリザベスがたずねた。

「長年悪党に汚《けが》されたので、力を完全に取《と》り戻《もど》すには相当の年月清めなければならないということになって、王はいったん手放されたようですわ。今ごろは、どこかのドルイドの手元に保管されているのではないでしょうか」

「そうなんですね……」

エリザベスは、遠い目で窓の外を見た。

先日訪《おとず》れたドルイドの聖地イスタール。そこで出会ったドルイドの長《おさ》たちを思い出す。

自らもその血を引いているというが、未《いま》だに確実な何かを摑《つか》めた気がしない。

「いずれきっと、お手元に戻る日が来ますわ——お母さまの形見ですものね」

スレイダーが慰《なぐさ》める。

「いいえ、私はいいんです。その水晶《すいしょう》の力が必要な人はきっと他にいるはずですから。私は、私自身が、人々の癒《い》やしにならなくては」

エリザベスはそう言って微笑《ほほえ》んだ。

第三話　約束の虹《にじ》

Story of King

序幕　～　opening

空に架《か》かった虹の橋は、もう消えようとしていた。

今は、遠い山脈の上に、わずかに右側の足元だけがうっすらと見えているに過ぎない。

「…………」

〈豚《ぶた》の帽子《ぼうし》〉亭《てい》のとんがり屋根。その屋根裏《やねうら》から突《つ》き出《で》た細長い見張り台の手すりに、ひとりの少年が腰《こし》かけていた。

ところどころが跳《は》ねた栗色《くりいろ》の髪《かみ》。少し眠《ねむ》そうな表情。

彼《かれ》もまた、長い間この店の仲間として旅してきたひとりだったが、今はどうしても、他の連中の輪の中には入りたくないらしい。

少年は、不服そうな顔で、ちらりと足元に目をやる。

ここからは、屋根に隠《かく》れて見えないが、ちょうど彼《かれ》のいる見張り台の下あたり、店の外側に張り出している縁側《えんがわ》に、さっき店の中から出てきた男がふたり並んで座《すわ》って、何やら話をしているのである。

移動する巨大《きょだい》な豚《ぶた》の足音に紛《まぎ》れて、その声はよく聞こえないが、せっかく人のいないところを探して見張り台に陣取《じんど》っている少年にとっては、たとえ見えなくてもなんとなくうっとうしいのだった。

「……さっさと引《ひ》っ込《こ》めばいいのに。ギルサンダーとハウザーめ、いつも一緒《いっしょ》にいるくせに今さらなんの話があるんだよ」

少年が呟《つぶや》くと、どこからか、ヒヒヒッ、と笑い声が聞こえた。

「……なんだよ、ヘルブラム」

少年は、服のフードに縫《ぬ》いつけてある、古びた兜《かぶと》をすっぽりとかぶった。

面の部分に細く開けられた、縦六列の隙間《すきま》を通して外を見ると、目の前の空中に、彼自身と同じぐらいの年に見える少年がふわふわと浮《う》いている。

『ちょっとうらやましいなと思ってんじゃないの、ハーレクイン?』

若草色の髪《かみ》の毛《け》やとがった耳、背中に生えた薄《うす》い羽は、どう見ても妖精《ようせい》だ。

彼《かれ》の名はヘルブラム。訳あって今は魂《たましい》だけの存在となり、この兜《かぶと》に宿っている、ハーレクインの親友である。

「誰《だれ》がそんなこと思ってるもんか」

ハーレクインは、ふん、とすねてみせる。

『俺《おれ》っちが言うのもなんだけどさ、あのふたりもこの十年の間いろいろあったわけだし。ちびっと感傷に浸《ひた》ったり泣き言言い合ったりするぐらい大目に見てやんなよ。いやホント、俺っちが言っちゃダメかもだけど』

「…………」

ハーレクインはため息をついて、また口をつぐんだ。

この十年間に、リオネス王国に起きた出来事には、とても一口では語れない複雑な事情が入り組んでいた。

関わり合いになった者のほぼ全員が、どこかで大きな過《あやま》ちを犯《おか》していたし、強い後悔《こうかい》に苛《さいな》まれている。

それでも、結局のところ、その一連の出来事は、これからこの王国を——いや、ブリタニア全土を襲《おそ》おうとしている、未曾有《みぞう》の危機の予兆にしか過ぎなかったのだ。

だから、悔《く》やんだり悲しんだり、誰《だれ》かを恨《うら》んだり、そんなことに囚《とら》われている時間はない。

今はみんなで力を合わせ、迫《せま》りくる脅《きょう》威《い》に立ち向かわなければならない。

「……そんなことは、わかってる」

ハーレクインは呟《つぶや》く。

わかってる。わかっているけれど。

どうしても、気持ちの整理がつかない。

魔物《まもの》に取《と》り憑《つ》かれていたとはいえ、親友《ヘルブラム》の体と魂《たましい》を実験台にし、ついには死に追いやったヘンドリクセン。

何かを——おそらく決定的な何かを知っているくせに、それを決して語ろうとしないメリオダスとマーリン。

そして誰よりも、自分のもっとも大切な〝彼女《かのじょ》〟の心を弄《もてあそ》んだゴウセル。

今のままの気持ちで、彼《かれ》らと心をひとつにして戦うことなど、とうてい出来はしない。

『やれやれ……相変わらず頑固《がんこ》だね、チミは。いずれ後悔《こうかい》するに決まってるのに、どーしてそう融通《ゆうずう》が利《き》かないんだか』

ヘルブラムが、ふわふわと上下に揺《ゆ》れながら肩《かた》をすくめた。

「うるっさいなー、キミこそよく平気でいられるよね!?　キミをあんなにしたヘンドリクセンとひとつ屋根の下なんだぞ!?」

『ううーん、別に平気ってわけでもないんだけどね、でも、体がなくなったら、生々しい痛みとかは薄《うす》れてしまったっていうかさ。それに、あれはあれで後悔《こうかい》してるみたいだし、そもそも俺《おれ》っちも偉《えら》そうなこと言えた義理でもないしィ』

ヘルブラムはひらひらと手を振《ふ》った。

「………………」

『あれ、また落《お》ち込《こ》んでる？　思い出しちゃった？　あの――二百年前のこと？』

「……別に」

『ウソをつくのがヘタだねィ』

ヘルブラムは笑った。

『虹《にじ》がもう消えていくよ。ほら見なよハーレクイン』

ヘルブラムの言うとおり、さっきまでかすかに見えていた虹は、もう色を失って消えていこうとしている。

『虹を見ると、妖精界《ようせいかい》を思い出すよ』

ヘルブラムの言葉に、ハーレクインも目を細める。

彼《かれ》の言うとおり、妖精界にはよく虹が出た。中央にそびえる巨大《きょだい》な神樹《しんじゅ》が、降った雨をため込み、また放出しているので、その梢《こずえ》のどこかにはたいてい小さな虹《にじ》が架《か》かっていたものだ。

「…………」

ハーレクインは思い出す。

そういえば——彼《かれ》にも、虹の思い出があった。

かつて〝彼女《かのじょ》〟と暮らしたあの場所に。

永遠のようで、一瞬《いっしゅん》のような——懐《なつ》かしい記憶《きおく》。

それは、虹に似ている、と、ハーレクインは思った。

1

ブリタニアの北――人里離《はな》れた深い森の中に、遅《おそ》い春がやってこようとしていた。

雪解けで水かさを増した滝《たき》の音がどうどうと響《ひび》いている。

木の洞《ほら》や土の中で冬眠《とうみん》していた生き物たちも、ようやく姿を見せ始めた。

日に日に緑が濃《こ》くなっていく森の中、きらきらと差《さ》し込《こ》む木漏《こも》れ日《び》をかすめて、小さな影《かげ》が飛んでいく。

それは、妖精《ようせい》の少年――ハーレクインだった。

「お、これもいけそうだ」

彼《かれ》は、一本の木の根元に舞《ま》い降《お》りると、群れて盛り上がっている茸《きのこ》を摘《つ》み取《と》った。

「この辺は茸が多いなぁ」

あたりを見回すと、岩場の陰《かげ》や朽《く》ち木《き》に、たくさんの種類の茸が色とりどりの傘《かさ》を開いている。

「やっぱり、滝のしぶきでいつも湿《しめ》ってるからだろうな……この辺は風通しも悪いし。ちょっと見ない間にずいぶん木が茂《しげ》ってきている」

独り言を呟《つぶや》きながら、手にした籠《かご》に次々と茸《きのこ》を放《ほう》り込《こ》んでいく。

「よし、このぐらいでいいか……あとは、そうだな」

ふわりと舞《ま》い上《あ》がって、少し高い場所に空いていた木の洞《ほら》をのぞき込むと、そこには産みたての小鳥の卵が三つ。

「……ごめんよ」

小さな声で謝《あやま》りながら、ハーレクインはその中のひとつを取り出した。

妖精族《ようせいぞく》は肉や卵を食べない。食べられないというわけではないのだが、そもそも彼《かれ》らには火を使って調理するという習慣がないので、口に入れないのが普《ふ》通《つう》だった。

では、なぜ彼は、鳥の卵を取ったのか。

答えはすぐに知れた。

「ハーレクイン！」

声とともに、どすどすどす、と大きな足音がして、森の木々が揺《ゆ》れる。

木立の向こうから顔を出したのは——巨人《きょじん》だった。

こちらもまだ子供だ。人間でいうなら、せいぜい十歳《さい》にもならない少女である。焦《こ》げ茶《ちゃ》の髪《かみ》を肩《かた》にそのままたらし、熊《くま》の毛皮をつぎはぎにしたものを体に巻きつけただけの服。

「やあディアンヌ。どうだった？」

「いっぱい獲《と》れた〜」

ディアンヌと呼ばれた巨人《きょじん》の少女は、そう言ってにっこりと笑い、片手に摑《つか》んでいた三頭の野《の》豚《ぶた》を掲《かか》げてみせた。

「ハーレクインは？　何が捕《と》れた？」

「オイラはこれ。ディアンヌに比べたらちょっぴりだけど……」

ハーレクインも、微笑《ほほえ》みながら籠《かご》を掲げる。

「わーい、卵だ卵だ！　茸《きのこ》のスープに溶《と》いて入れたら美味《おい》しいんだよね！」

この巨人の少女にとっては、こんな小鳥の卵など小指の爪《つめ》ほどの大きさしかないだろうに、そう言ってぴょんぴょんと跳《と》びはねる。そのたびにあたりの木が揺《ゆ》れた。

「さあ、一緒《いっしょ》に食べよう！」

「そうだね」

歩き出したディアンヌを追って、ハーレクインもふわりと舞《ま》い上《あ》がった。

2

「ディアンヌ、もう熱は大丈夫《だいじょうぶ》？」

森の外れの丘《おか》の上。中身が腐《くさ》って空洞《くうどう》になった巨木《きょぼく》の切り株に大きな岩で蓋《ふた》がしてある。その中が、ふたりの住処《すみか》だった。

昼ご飯を食べながら、ハーレクインがたずねると、ディアンヌはおかしそうに笑う。

「とっくに大丈夫《だいじょうぶ》だよ。ハーレクインは心配性だなー。もうずいぶん経《た》つでしょ」

少し前、ディアンヌは風邪《かぜ》で高熱を出して、生死の境をさまよったのだ。

「……妖精族《ようせいぞく》は病気にならないから、加減がよくわからないんだよ」

「病気にならないなんていいなぁ……じゃあ死なないの？」

「ううん、大ケガしたりしたら死ぬよ」

野豚《のぶた》の丸焼きにかじりつき、もぐもぐとかみしめながら、ディアンヌはたずねる。

そう言ってから、ハーレクインは、ふと考《かんが》え込《こ》むような顔つきになった。

「……大ケガしたら……死ぬ」

「どうしたの？」

ディアンヌがのぞき込んでくる。ハーレクインはハッとして、また笑顔《えがお》を作った。

「いや……なんでもないよ」

「何か思い出したの？」

「ううん……思い出しそうな気がしただけ。また消えてしまった……」

「でも、それじゃあ、あのときハーレクインは死ぬかもしれなかったんだね。元気になってよかったね」

「うん。そうだね……ありがとう」

ふたりはにっこりと笑い合う。

ハーレクインは、以前、ケガをして倒《たお》れているところを、ディアンヌに助けられた。

妖精族《ようせいぞく》も巨人族《きょじんぞく》もたいへんな長命種なので、日々の感覚は人間とは違《ちが》う。

もうふたりとも、それが正確に何年前のことなのか覚えていない。もしかしたら何十年——あるいは百年以上も昔のことだったかもしれない。

それに——ハーレクインは、そのときのショックが元で、記憶《きおく》を失ってしまっていた。

覚えているのは、自分が妖精族の出身であることと、ハーレクイン、という名前だけだ。

時々夢を見る。

天にも届く巨大な木。梢《こずえ》にかかる虹《にじ》。その周りに広がる深い森。

咲《さ》きみだれる花々。身《み》の丈《たけ》より大きな茸《きのこ》。木々に絡《から》まって伸《の》びる蔦《つた》。

そして、色とりどりの羽をひらめかせてその間を飛び回る、小さな人々。

あれがおそらくは、妖精の国と仲間たちなのだろう。

けれども、それは文字どおり夢の中の出来事のようで、摑《つか》もうとすると消えていく。

ハーレクイン自身には羽はない。着ている服も、彼《かれ》らとは違《ちが》う――むしろ人間のものに近いのだが、それがどうしてなのか、彼自身にもまるでわからない。

自分は妖精《ようせい》だ、ということだけは、自分は男だ、ということと同じぐらい、はっきりと感じられるのだが。

だが、彼がわからないのは、自分のことだけではない。

一緒《いっしょ》に暮らしているディアンヌの身の上のことも、よく知らないのだ。

巨人族《きょじんぞく》は、ブリタニアに初めに生まれた種族と言われている。大地と交感し、その力を自らのものとして振《ふ》るうとされているが、闘争心《とうそうしん》が強く常に戦いを求める気性《きしょう》ゆえに、普段《ふだん》は他の種族との交わりを好まず、彼らだけの里にこもって暮らしている――はずだ。

ディアンヌは、幼いながら魔力《まりょく》もかなり強い。本来なら、巨人族の里の中で、将来の強力な戦力として鍛《きた》えられているはずではないだろうか。それなのに、たったひとりでこんなところにいるなんて、いったいどんな事情があるのか。

けれども――ハーレクインはそれをたずねなかった。

多分、楽しい話ではないだろうと思うからだ。

それに、自分のことを話せないのに、相手のことだけ聞き出すなんて、不公平だとも思う。

今、自分たちはふたりで楽しく暮らしている。

それで充分《じゅうぶん》じゃないか、と。

でも――時々。

時々、何かが胸の奥《おく》でうずく。

何か、やらなければならないことがあったのではないのか。

ここでこんなふうに、自分だけ幸せになっていてはいけないのではないか。

夢の中には、時々、エレイン、という名前の少女が現れる。

明るい金色の髪《かみ》をして、白いドレスをまとった愛らしい娘《むすめ》だ。

それから、ヘルブラム、という少年も。

エレインには羽がなく、ヘルブラムにはあるけれど、ふたりとも妖精《ようせい》なのは間違《まちが》いない。

どうやらエレインは自分の妹で、ヘルブラムは友人だったらしい。

怒《おこ》ったり、泣いたりしているエレイン。

いつも笑っているヘルブラム。

どうやら――そのふたりが、自分がここにいることと、とても関係があるらしい。

でも——そのことをもっと深く考えようとすると、やはりそれは、霧《きり》のように消えてしまうのだった。

3

「ねえねえ、ハーレクイン。さっきあっちで人間を見たよ」

ディアンヌがそんなことを言い出したのは、ある夕方のことだった。

「人間？　あの狩人《かりゆうど》のおじさんじゃなくて？」

ふたりの住処《すみか》の中を掃除《そうじ》していたハーレクインは、入ってきたディアンヌを振《ふ》り返《かえ》ってたずねる。

狩人のおじさん、とは、この森の外れの小屋に住んでいる人間の男のことだ。

以前、ディアンヌが狩《か》りの手伝いをしてやったことから顔見知りになり、その後、彼女《かのじょ》が風邪《かぜ》で熱を出したときも、薬の作り方を教えてくれたりした。

「うん。男の子だった」

「……男の子？　こんなところで？」

ハーレクインは顔をしかめる。

あの狩人《かりゅうど》の家族だろうか。確か、娘《むすめ》がいるとは言っていたが——……。

「男の子、って……何歳《さい》ぐらいの？」

「んー？　わかんない。見た感じは、ハーレクインよりちょっと大きいかなって思ったけど」

「……どこで、何をしてたの？」

「あのねぇ」

ディアンヌは楽しそうに言った。

「ボクが〝一本杉《いっぽんすぎ》の丘《おか》〟でお昼寝《ひるね》してたらね、川の向こうの草原を、ひとりで男の子が歩いていくのが見えたの。茶色い布を体に巻きつけて、こんな帽子《ぼうし》をかぶってた」

ディアンヌは、頭の周りで手を動かし、広いつばの形を表した。

「……旅人かな」

こんなところに珍《めずら》しいな、とハーレクインは思う。ここで暮らしてずいぶんになるが、あの狩人以外に人の姿を見たことがない。

「ディアンヌ、何度も言ってるけど——……」

「人間を信用しちゃダメ、でしょ」

ディアンヌは笑った。

「そ、そう。あの狩人のおじさんはいい人だけど、他の人間にはすごく悪い人もいるから。その人がどんな人かわかるまでは、うかつに近づいたりしないこと」

「うん。わかってるよ」

ディアンヌはニコニコとうなずく。

少し心配だが、旅人なら、きっとただ通りかかっただけだろう、とハーレクインは思った。

こんななんにもないところに長居するはずがない——と。


——ところが。

翌日、ハーレクインが食べ物を探しに森に入ろうとしたときのことだ。

「うわ————っ!」

どこかから悲鳴が聞こえ、彼《かれ》が振《ふ》り返《かえ》ると、少し離《はな》れた丘《おか》の向こうから、土煙《つちけむり》とともに何かが走ってくるのが見えた。

「ダ、黄昏牛《ダスクバイソン》!」

それは、巨大《きょだい》な角を持つ野牛だった。

名前のとおり、黄昏時《たそがれどき》に活動することの多いその牛が、どうしてこんな真っ昼間に全力で走っているのか?

「た、助けてーっ!」

「……あれは」

牛に追われているのは、人間の少年だった。

「茶色いマント……ディアンヌが見たヤツだな」

つば広帽《ひろぼう》はかぶっていないが、逃《に》げる途中《とちゅう》で落としたのだろう。

「……しようがないな……」

別に人間がひとり死のうがどうしようがハーレクインには関係なかったが、万が一、ディアンヌがうっかり死体を見てしまったらショックを受けるだろう。

ハーレクインは上空に舞《ま》い上《あ》がると、もう少しで黄昏牛《ダスクバイソン》の角に引っかけられそうになっている少年に向けて飛んだ。

間一髪《かんいっぱつ》、そのマントの端《はし》を摑《つか》むと、空中につり上《あ》げる。

「……‼」

いきなり標的が目の前からいなくなった黄昏牛《ダスクバイソン》は、しかし急に止まることも、方向転換《ほうこうてんかん》することも出来ず、そのまま丘《おか》を全速力で駆《か》け下《お》りていく。

ドガーン！　ともものすごい音を立て、牛が大きな岩に突《つ》っ込《こ》んで動かなくなってしまったのを確認《かくにん》してから、ハーレクインは、自分がぶら下げた少年に声をかけた。

「よかったね、助かって」

「…………」

「……おい、なんとか言えば？」

「ふぐ……」

「あっ！」

首が絞《し》まって、気絶しそうになっているのだった。ハーレクインは慌《あわ》てて地面に舞《ま》い降《お》りた。

地面に放り出すと、しばらく少年は、首を押《お》さえてハアハア言っていたが、やがてやっと人心《ひとごこ》地《ち》がついたのか、ゆっくり身を起こした。

「……あ、ありがとう……」

ハーレクインを見上げ、力なく笑う。

「どういたしまして」

「……ええと、きみは妖精《ようせい》なの？　すごい、初めて見た」

「…………」

「あっ、そうだ！」

少年は、急に何かを思い出したように自分の右の腰《こし》をさぐった。ベルトに赤い革《かわ》の袋《ふくろ》に包まれた棒のようなものが差《さ》し込《こ》んである。それを確認《かくにん》して、彼《かれ》は大きくため息をついた。

「よかった……あった……」

「……？」

剣《けん》ではなさそうだが、それが何かはハーレクインにはわからなかった。

少年は、改めてハーレクインに向き直ると、ぺこりと頭を下げた。

「本当に、助けてくれてありがとう。岩だと思ってもたれかかったら、あの牛が昼寝《ひるね》してるところだったんだ」

「……こんなところに何をしに来たのか知らないけど、熊《くま》や狼《おおかみ》も出るから早くどこかへ行った方がいい。道に迷ったのなら、このちょっと先に、狩人《かりゅうど》の家族が住んでるから聞けば」

「いや、確かに、道に迷った、というのはそうなんだけど……」

少年は、立ち上がると、腰《こし》に手を当ててあたりを見回した。

「ねえ、きみ、このあたりに詳《くわ》しそうだけど、〈虹《にじ》の滝《たき》〉と呼ばれてる滝を知らないかな」

「……〈虹の滝〉？」

ハーレクインは首をかしげた。

「滝なら、そこの——この丘《おか》の向こうに流れてる川をずっと遡《さかのぼ》っていったところにあるけど、そんな名前かどうかは知らないな」

「……ああ、やっぱりあの川か……遡った先は、あの森の中かい？」

少年は爪先立《つまさきだ》って額に手をかざした。

「そうだ。かなり奥《おく》だよ」

「うーん、そうなのか……なんでも、日のある間中、滝《たき》の上にずっと虹《にじ》が出ているって聞いたんだけど」

「……いや、そんなことはないよ」

ハーレクインは滝の様子を思《おも》い浮《う》かべながら言った。

「森の深いところにあって、ほとんど日も差さないから、虹なんか見たことない」

「……そうか……」

少年はうつむいた。

「このあたりに、滝はそこだけかい？」

「オイラの知る限りはね」

少年はしばらくの間考《かんが》え込《こ》んでいたが、やがてマントを整え、もう一度腰《こし》の棒を確認《かくにん》した。

「ありがとう。やっぱり一度この目で見てみるよ」

「……行くのかい？　かなり遠いよ。人間の足じゃ」

「……うん。でも妖精《ようせい》がいる森なんて、希望が持てる——どうもありがとう」

少年はそう言って笑った。そして、背を向けて歩き出す。

その後ろ姿を見送りながら、ハーレクインは考える。

行かせていいのか。力ずくで排除《はいじょ》すべきか――……。

(……排除?)

そんな言葉が浮《う》かんだことに自分で驚《おどろ》く。

そういえば、いつも見る夢の中で彼《かれ》は、〝妹《エレイン》〟と、森を守る、とか、侵入者《しんにゅうしゃ》がどうのこうの、という口論をしていた――ような気もした。

だが、やはり、具体的には何も思い出せない。

少年は、まだ少しふらふらしながら、短い草の生えた丘《おか》を登っていく。

(……まあ、いいか……それほど悪い人間じゃなさそうだし)

魔力《まりょく》があるわけでも、武器を持っているわけでもなさそうだった。あんな少年ひとりでは、何が出来るわけでもないだろう。

とりあえず、ディアンヌには、しばらくの間、滝《たき》に近づかないように言っておこう。

ハーレクインはひとり、そう思ってうなずくと、再び食べ物探しに飛び立った。

4

それから、三日ほど経《た》った日のことだ。

ハーレクインがいつものように森の中を飛んでいると――かすかに、聞き慣れない音がした。

（……鳥？）

ピー、ピー、と高く澄《す》んだその音は、最初は鳥のさえずりかと思われたが、すぐにそうでないことがわかった。

音は、なめらかに、メロディを奏《かな》で始《はじ》めたのだ。

「……笛……」

そう。これは笛の音色。

人間が吹《ふ》く、楽器の音だ。

ハーレクインは、その音に引き寄せられるように、木立を飛《と》び抜《ぬ》けて進んだ。

「……あ」

笛の音に重なって、水の流れる音が聞こえる。

そうだ――この先にあるのは、あの滝《たき》。

あの、黄昏牛《ダスクバイソン》に襲《おそ》われていた少年が目指すと言っていた滝だった。

ハーレクインは、木の幹に体を隠《かく》しながら、そっと滝に近づいた。

雨の少ない夏場を前に、滝の水量は減っていたけれど、今も白いしぶきを激しく上げながら流れ落ちている。

その傍《かたわ》らの、大きな岩の上に、あの少年が座《すわ》っていた。
白い――何かの骨か角で作ったような横笛を唇《くちびる》に当てて、一心不乱に曲を奏《かな》でている。
(そうか、あの……腰《こし》に差していた袋《ふくろ》には、笛が入っていたんだな)
美しい曲だった。
明るいようで、どこかもの寂《さび》しげで。
(人間の笛――こんな美しい音が出るものなのか……)
ハーレクインは、胸の内で呟《つぶや》く。
(〝あのとき〟の笛とは、大違《おおちが》いだな)

――〝あのとき〟?
ハーレクインは、はっとする。
あのとき、とは、いつのことだろう。

ふとよみがえってくる、ひとつの光景。
小さな、木をくりぬいて作った笛を手に、笑っているヘルブラム。
『兄さんがそんなだから、ヘルブラムの悪い癖《くせ》だってやまないんじゃないの』

機嫌《きげん》が悪そうなエレイン。
ハーレクインの手にも、同じ笛が握《にぎ》られていて。

そうだ。人間が落としていった獣避《けものよ》けの笛を拾って。
妖精界《ようせいかい》に戻《もど》ったら、ヘルブラムも同じ笛を持っていて。
また人間界なんかに遊びに行って！　と、エレインが怒《おこ》っていて――……。
あのときの笛は、息を吹《ふ》き込《こ》むと、ぴひょろろ……と、奇妙《きみょう》な音がした……。

いつの間にか、ハーレクインは、自分が泣いていることに気づく。
わからない。あれがいつで、なんの思い出なのか。
わからないのに、悲しくなるのはなぜだろう。

多分、それは――少年の奏《かな》でるこの曲が、あまりに美しいからだ。
音階をなだらかに駆《か》け上《あ》がり、駆け下りる。
転調しながら続くリフレイン。
時に明るく、楽しく、それから切なく。

少しずつ色を変えながら繰《く》り返《かえ》されるメロディは――何かを思い出させて――……。

曲が唐突《とうとつ》にとぎれ、ハーレクインは我に返った。

岩の上の少年に目をやると、彼《かれ》は相変わらずそこに座《すわ》っている。

笛を口元に当てたまま、ただぼんやりと、滝壺《たきつぼ》を見つめているようだった。

声をかけようかと思ったが、なんとなく気がとがめて、ハーレクインはそのまま、その場を立ち去ろうとした。

――……が。

「えぇー！　それでおしまいなの⁉」

突然《とつぜん》、よく知っている声がした。

滝の下流に覆《おお》いかぶさる茂《しげ》みが、ばきばきと音を立てて裂《さ》け、ディアンヌの顔がのぞく。

「うわーっ！　巨人《きょじん》だーっ！」

少年が叫《さけ》んだ。

「ね、もっと聞きたい、聞かせて！」

ディアンヌは茂みを乗りこえて近づいてこようとする。少年は驚《おどろ》きのあまり逃《に》げ出《だ》そうとして、足をすべらせ――……。

「わー!!」

滝壺《たきつぼ》に真っ逆さまに落ちていった。

5

「しっかり、おい、しっかりしろ!」

「ええーん、ごめんねごめんね!」

すぐに助け上げたので、水もたいして飲んでいないはずだが、少年はなかなか目を覚まさなかった。

傍《かたわ》らで火をおこし、ディアンヌが獲《と》ってきた鳥と卵、その辺に生えていた茸《きのこ》でスープを作りながら、しばらく待っていると、その匂《にお》いに釣《つ》られたのか、やっとうっすらと目を開ける。

「……ここは……あ、きみはこないだの」

「ごめんね、びっくりさせて」

にゅう、と、横からのぞき込《こ》んだディアンヌに、少年はまた悲鳴を上げた。

「大丈夫《だいじょうぶ》。その子はオイラの友だちだから。きみを滝壺から拾い上げてくれたのも彼女《かのじょ》だし」

「そ、そうなのか……ありがとう……あっ」

少年は真っ青になる。

「笛！　僕《ぼく》の笛は……！」

「笛ならそこにある。キミ、落ちるとき放り投げただろう。岩の横に転がってたよ」

ハーレクインが少年の横をあごでしゃくる。少年は笛を拾い上げ、やっと安心したように笑った。

するると同時に、少年のお腹《なか》が、ぐう、と鳴る。

「……食べれば」

ぶっきらぼうに、ハーレクインは鍋《なべ》の中身を木の椀《わん》に入れて差し出した。

「あ、ありがとう……まともな食べ物、何日ぶりかなぁ……」

少年はうれしそうに目を細めると、ふう、ふう、と息を吹《ふ》きかけ、それから嬉《うれ》しそうにスープをすすり始めた。

「よっぽどその笛が大事なんだね」

ディアンヌが微笑《ほほえ》みながら言うと、少年は恥《は》ずかしそうにうなずいた。

「二回も助けてもらってしまった……僕はテレンス……テリーって呼んでくれ」

「ボクはディアンヌだよ」

「──オイラはハーレクイン。その様子じゃ、あれ以来ちゃんと食べてないみたいだね。言っただろう、人間には無理だって」

だから早く帰れ、と続けようとしたハーレクインをさえぎったのはディアンヌだった。

「ね、ね、テリー。さっきの曲、あれでおしまいなの？　どうしてこんなところに来たの？　ここで何をしていたの？」

「ディアンヌ……」

ハーレクインは困ったように彼女《かのじょ》を見上げる。だが、テリーは少し寂《さび》しそうに笑っただけで、特に気分を害したようには見えなかった。

「……僕《ぼく》はね、少し前まで、旅芸人の一座にいたんだ」

笛を握《にぎ》りしめながら、テリーは語り始めた。

「赤《あか》ん坊《ぼう》のときに両親とは死に別れたみたいで、ずっと一座の中で育ったんだ。その中で一番僕を可愛《かわい》がってくれたのは、笛吹《ふえふ》きのマリウスって男でね。僕には笛の才能があるっていって、いろいろ教えてくれたんだよ」

でも、と、テリーはうつむいた。

「最初はよかったけど、やっぱりだんだん難しい曲を習うようになったら、練習がすごく面倒《めんどう》くさくなってね。それで、しょっちゅうマリウスの目を盗《ぬす》んで遊びに行ってたんだけど……ある日、一座のテントに戻《もど》ったら……」

「戻《もど》ったら……？」

テリーは息を吸《す》い込《こ》み、それから、とても辛《つら》そうに続けた。

「……みんな、死んでて」

「……死んでた？」

ハーレクインとディアンヌは顔を見合わせる。

「死んでた、って？　え、盗賊《とうぞく》とかにやられたのかい？」

ハーレクインがたずねると、テリーは静かに首を横に振《ふ》った。

「わからない……旅芸人の一座は、お祭りや、王さまや貴族のお祝いごとなんかに呼ばれて、町から町へと旅をして歩くんだ。ひいきにしてくれる場所には毎年行くから、だいたいルートは決まってるし、危険な場所はなるべく通らないようにしている。その日、野営をしていたのも、毎年通る大きな街道の途中《とちゅう》の川べりで、慣れた場所だったんだけど……」

マリウスは年々口うるさくなってたから、ちょっとうっとうしかったんだよ、と、テリーは涙《なみだ》ぐむ。

「近くの森で昼寝《ひるね》してて——テントに戻ったら、みんな、ひとり残らず斬《き》り殺《ころ》されてて……金目《かねめ》のものがなくなっていたわけでもないし……女も子供も、乱暴された様子もなくて、ただ……ただ殺されていて」

「……ひどい」

ディアンヌが口元を押《お》さえて呟《つぶや》いた。

「あとになってから、その近くで過去にも何度か、同じようなことがあったって聞いたんだけど。多分、そうやって人を殺すことだけが好きな、おかしなヤツがうろうろしてたんだと思う……」

「……まったく、人間は本当にろくでもないな」

ハーレクインはため息をつく。

「人間ぐらいだよ、そんな、同族同士で意味もなく殺し合いをするのは」

「……そうだね」

テリーは力なく笑った。

「僕《ぼく》が戻《もど》ったとき、マリウスは、まだかろうじて息があったんだ……これは、マリウスが最期《さいご》に僕にくれた笛なんだよ」

そう言って、そっとその白い笛を大事そうになでた。

「……さっきの曲も、その人から教えてもらった曲なの？」

ディアンヌがたずねると、テリーはうなずく。

「あれは『約束《やくそく》の虹《にじ》』っていう曲なんだ。マリウスが若かった頃《ころ》、ずっといつでも虹が架《か》かっている小さな滝《たき》を見たことがあって、そのときに作った曲なんだって」

でも、と、テリーは遠い目をした。

「僕《ぼく》がずっと練習を怠《なま》けていたから——どうしても、最後のフレーズが思い出せない。一度は習ったはずなのに、メロディが出てこないんだ」

「……それで、〈虹の滝〉を見に来たのか」

ハーレクインが言うと、テリーはうなずいた。

「そう——確かこのあたりだと言っていたと思って。だけど——やっぱり違《ちが》うのかな」

テリーは、さっき自分が落ちた滝壺《たきつぼ》の方を見やった。今はもう日が落ちてうす暗く、もちろん虹《にじ》は見えなかった。

「滝なら、他にもあちこちにあるだろう。もうあきらめて、よそを探した方がいい」

ハーレクインはそっけなく言った。テリーは微笑《ほほえ》んだ。

「うん。そうだね……ここまで来たら、少し気がすんだよ」

「ええー、帰っちゃうの」

ディアンヌは少し寂《さび》しそうだった。

「もっと笛、聞きたいな……」

「ディアンヌ、無理言うんじゃない。ここは人間が長くいるような場所じゃないよ」

「……そうだね」

ディアンヌはしょんぼりとうつむく。ハーレクインは、やれやれ、とまたため息をついた。

「まだ服も乾《かわ》いてないし、もう日も暮れたし、出発するのは明日にしたら」

「うん。そうするよ」

テリーがうなずくと、ディアンヌは手を叩《たた》いて喜んだ。

「やったぁ！　じゃあもっと笛を聞かせて！」

「いいよ。どんな曲がいいかな」

テリーは、微笑《ほほえ》みながら笛を唇《くちびる》に当てた。

6

「……寝《ね》ちゃったみたいだね」

テリーは笑いながらハーレクインを振《ふ》り返《かえ》った。

もう明け方が近かった。あたりは静まり返り、ただ滝《たき》の音だけがしている。

さっきまで、テリーの笛に合わせて歌ったり手拍子《てびょうし》をしたりして大騒《おおさわ》ぎだったディアンヌは、大きな岩を枕《まくら》にして横たわり、すっかり満足そうに寝息を立てている。

「……キミも少し寝《ね》たら。日が昇《のぼ》ったら、森の出口までは送ってあげるよ」

焚《た》き火《び》に小枝をくべながらハーレクインが言うと、テリーはうなずいた。

「ありがとう。〈虹の滝〉が見られなかったのは残念だけど、きみたちに会えて楽しかったよ」

テリーも同じように、そばの小枝を火の中に放った。

「きみとディアンヌは、ずっとここでふたりっきりなの」

「まあね」

「いいなぁ。妖精《ようせい》も巨人《きょじん》も、とても長生きなんだってね……それに魔力《まりょく》もあるんだろうし、どんな獣《けもの》も、悪い人間が来ても、平気だろうなぁ」

その言葉に、ハーレクインの胸の奥《おく》で、何かがちくりと痛んだ。

だが、それがなんなのかはわからない。

「弱い人間のくせに、なんで危険を冒《おか》してこんなところまで来たんだい」

人間に興味などないつもりだったが、なんとなく気になって、ハーレクインはたずねた。

テリーは、うつむいて炎《ほのお》をじっと見つめる。

「僕《ぼく》は、自分が怠《なま》け者《もの》だったことを本当に後悔《こうかい》してる。あんな突然《とつぜん》に、マリウスと別れることになるなんて思っていなかった。明日は今日と同じように続くし、ちょっと怠けたってそのうち取り返せるって、そう思ってたんだ」

「…………」

「あの曲がなぜ『約束の虹』という題名なのか、僕《ぼく》は結局聞けなかったんだ。でも——僕は、死んでいくマリウスと約束した。きっとあの曲を吹《ふ》けるようになるって」

「……じゃあ、キミはまだ、〈滝《たき》〉を探しに行くつもりなの」

「うん」

テリーはうなずいた。

「ああ……もう夜が明けたみたいだね」

振《ふ》り仰《あお》げば、もう木立の隙間《すきま》から見える空は紫《むらさき》がかって明るく、星も消えてしまっていた。

「……出発まで、少し寝《ね》るよ。ありがとうハーレクイン」

テリーはそう言うと、自分の腕《うで》を枕《まくら》にしてごろりと横になった。

ハーレクインは、小枝を焚《た》き火《び》に放《ほう》り込《こ》む手を止めて、小さくため息をつく。

「約束の曲、か……」

また、何かが胸を刺《さ》す。

『そんときは俺《おれ》っちを止めてくれよ‼　親友のチミがさ！』

（ヘルブラム……）

夢の中でいつも笑っている、親友だという少年。

（オイラは……彼《かれ》と約束をしていた気がする……それを、果たしたんだろうか）

わからない。掴《つか》もうとすれば消えていく。

少しずつ大きくなる不安。

胸に湧《わ》き起《お》こる、黒い染《し》み。

ああ――でも、やっぱりわからない。

「……オイラもちょっと寝《ね》ようかな」

小さく頭を振《ふ》り、そう呟《つぶや》いてから、ハーレクインはその場に寝転んだ。

「…………」

ディアンヌの大きな寝息と、テリーの小さな寝息が、ふしぎなリズムを刻んでいる。

目を閉じて、少しうとうとし始めたとき。

さっと目の前が明るくなり、ハーレクインは目を開けた。

木立の間に日の光が帯のように差してきていた。朝日が昇《のぼ》ったのだろう。

「……？」

その金色の帯は、まっすぐに、滝《たき》の方へと伸《の》びていき……、

「あっ！」

ガバッ、とハーレクインは飛び起きた。

虹《にじ》だ。虹が架《か》かっている。

昨日までは確かに、深い木立に閉ざされて日の差さなかった滝《たき》に、今、まっすぐに光が入って、滝のしぶきをまたぐように虹のアーチが架かっているではないか！

「――そうか！　昨日ディアンヌがあそこの木をへし折ったから！」

テリーの笛が聞きたくて、ディアンヌが無理やり押《お》しとおったせいで、日の差す道が出来たのだ。

「テリー！　起きろ！　虹だ！　虹が架かってる！」

「えっ！」

ハーレクインに揺《ゆ》り起《お》こされ、テリーも飛び起きた。

「あっ、本当だっ！　あ……ああ……」

しかし、その虹はすぐに、ゆっくりと消えていってしまった。

太陽が動いたので、木々の裂《さ》け目《め》から光が入らなくなったのである。

「……あーあ、消えちゃった」

「……まてよ」

ハーレクインはふわりと宙に浮かび上《あ》がった。そのまま木の枝の間をぐるぐると飛び回り、滝の上に出て、上から滝壺《たきつぼ》を見下ろす。

「……テリー。そのマリウスって人は、もしかして結構なおじいさんだったの？」

「え？　うん、そうだよ。死んだときにはもう、九十近かったと思う」

「……そうか、やっぱり」

ハーレクインは、やっとそのことに気づいた。

「テリー、やっぱりここが、その人の言う〈虹の滝〉だったんだよ」

「……えっ？」

「そうだ──オイラも思い出した。このあたりは、昔──オイラたちがここに住み始めた頃《ころ》は、こんなに木が茂《しげ》ってはいなかった……もっと木立もまばらで、日が差して明るかったんだ」

「そうか！　木が茂って大きくなったから、暗くなって虹《にじ》が出なくなった……？」

「……なあに、どうしたの？」

むにゃむにゃ、と、目をこすりながらディアンヌが起き上がった。テリーは彼女《かのじょ》に駆《か》け寄《よ》って、飛びつかんばかりにして叫《さけ》んだ。

「ディアンヌ！　お願いだ！　この周りの木を全部切ってくれ！」

「ええっ!?」

「待て待て！　全部はダメだ！」

ハーレクインが割って入る。

「この辺は確かに、ちょっと茂《しげ》りすぎているから、少し間引く方が森のためにもなると思う。だけど、全部切るのはやりすぎだ。テリーは今、虹《にじ》が見たいだけなんだろう？　だったらオイラが……」

オイラがちゃんと森に聞くから、と言いかけて、ハーレクインはハッとした。

「……森に……聞く？」

ゆっくりと、あたりを見回す。

（…………）

改めて見ると。

ハーレクインには、それが、はっきりわかった。

どの木を切れば、どこまで日が差すか。

もう寿命《じゅみょう》を迎《むか》えようとしている木はどれで、これから伸《の》びていこうとしている若木はどれか。

どの枝を切れば木は強くなり、どの根を絶てば木が死ぬか。

（どうして……？）

これは——妖精《ようせい》としての力なのだろうか。

『兄さんなしに、森をどうやって守ればいいの？』

　エレインの声が、耳元でこだました。

「森を――守る……？」

「ハーレクイン、どうしたの？」

　不安そうな顔でディアンヌがたずねた。ハーレクインは我に返る。

「ご、ごめん。とにかく、全部倒《たお》さなくても、虹《にじ》が見られるようにすることは出来ると思う。テリーはそこで待っててくれ」

　そう言ってから、ディアンヌに向き直る。

「ディアンヌはオイラの言うとおりに、木を抜《ぬ》いたり倒したりしてくれる？　そしたら日が差すようになって、虹が見られるよ」

「わーい！」

　ディアンヌは飛び上がった。

　そしてそれから、ハーレクインの指示で、ディアンヌはあたりの木を何本か、へし折ったり、引き抜いたりした。

「ほんとだ！　ハーレクインのいう木は、みんな簡単に抜《ぬ》けるね」

「もう根や幹の中が腐《くさ》りかけてるんだよ」

木が一本、また一本と減るたびに、あたりは少しずつ明るくなっていく。

じめじめと茸《きのこ》とコケばかりが生えていた地面に日が当たり、みるみるうちに乾《かわ》いていった。

風が通り、空気が動き始める。

「気持ちいい～！」

ディアンヌが大きくのびをした。

「ねえ、お花も咲《さ》くかな⁉」

「咲くよ。ほら！」

ハーレクインが指さすところに、みるみるうちに草が芽吹《めぶ》いていく。

「……ああ……虹《にじ》が」

やがて滝《たき》には、さんさんと日が差《さ》し込《こ》み──虹が架《か》かった。

「昔みたいに、いつでも、とはいかないけれど──これで少なくともしばらくは、虹が見られるはずだよ」

「……本当だ……ああ、なんてきれいなんだろう」

テリーは、滝のそばの大きな岩の上に座《すわ》り、きらきらと輝《かがや》くしぶきにかかる虹を見つめた。

ゆっくりと、笛を唇《くちびる》に当てる。

そして彼《かれ》は、あの曲を――『約束の虹』を奏《かな》で始《はじ》めた。


音階をなだらかに駆《か》け上《あ》がり、駆け下りる。

転調しながら続くリフレイン。

時に明るく、楽しく、それから切なく。

少しずつ色を変えながら繰《く》り返《かえ》されるメロディは――そう、虹《にじ》を表しているのだ。


「きれい……」

ディアンヌが呟《つぶや》く。


やがて曲は、あのときとぎれた箇所《かしょ》にさしかかった。

テリーの指は、よどみなく笛の上で躍《おど》り――ためらうことなく次のフレーズを紡《つむ》ぎ出《だ》した。

高らかに鳴るファンファーレのように、高音部へと駆け上がっていく。

速い節回し。めまぐるしく変わるテンポ。

それは流れ落ちる滝《たき》を表しているのだろう。

そして、再び繰《く》り返《かえ》される虹《にじ》のリフレイン。

何度も何度も、色を変えて繰り返し――……。

『そんときは俺《おれ》っちを止めてくれよ‼　親友のチミがさ！』

『兄さんなしに、森をどうやって守ればいいの？』

『行かないで兄さん……私をひとりにしないで』

テリーの後悔《こうかい》と、決意と、悲しみと、希望をのせたその音色は、ハーレクインの胸を刺《さ》す。

同じような後悔と、悲しみを思い出させる。

やがて――……、
ゆっくりと、音が止まった。

「……吹《ふ》けた……思い出した……」

テリーが呟《つぶや》き、その目から涙《なみだ》があふれ出した。

「マリウス……僕《ぼく》、やったよ……」

「わー、すごいすごーい！」

ディアンヌが拍手《はくしゅ》する。

「ね、すっごかったねハーレクイン！　……って、え？」

ハーレクインを見下ろしたディアンヌが息を呑《の》んだ。

「……どうして泣いてるの、ハーレクイン」

「えっ……」

ハーレクインは慌《あわ》てて手の甲《こう》を頬《ほお》に当てた。いつの間に涙《なみだ》がこぼれていたのだろう。

その涙をテリーに見られたくなくて、彼《かれ》は慌てて袖《そで》で顔をこすった。

テリーは、しばらくの間、呆《ほう》けたように岩の上に座《すわ》っていたが、やがて立ち上がり、晴れやかな顔で振《ふ》り返《かえ》る。

「ありがとう。きみたちのおかげだよ」

「ううん。テリーが頑張《がんば》ったからだよ」

ディアンヌは笑った。

だが、ハーレクインは笑うことが出来ない。

何かが胸に詰《つ》まっている気がして。

これ以上、この曲を聞いていると、恐《おそ》ろしいことを思い出しそうで。

「ねぇ、テリー、もう一回聞かせてよ！」

ディアンヌはそう言ったけれど、ハーレクインはそれをさえぎるように叫《さけ》んだ。

「ダメだ！」

「……どうして？」

驚《おどろ》いてディアンヌが聞き返す。

ハーレクインはハッとなったが、ごまかすように首を振《ふ》った。

「いや……ええと……とにかく、もう気がすんだだろう。その……」

「うん。ありがとう。もう行くよ」

テリーは、名残惜《なごりお》しそうに虹《にじ》の架《か》かる滝《たき》をちらりと見ると、笛を革《かわ》の袋《ふくろ》に収め、腰《こし》のベルトに差した。

「じゃあ、ボク、森の出口まで送ってあげる！　ね、それぐらいいいでしょ、ハーレクイン！」

ディアンヌはちょっとふくれてハーレクインを見た。

「う、うん……それは……オイラも行くよ」

「わーい！」

ディアンヌは嬉《うれ》しそうに、テリーに向かって手を差し出した。

森の出口へと歩くディアンヌの肩《かた》に腰《こし》かけ、うとうとと眠《ねむ》っているテリーを空中から見下ろしながら、ハーレクインは考える。

自分は、どうしたいのだろう。

ここでずっと、ディアンヌと暮らしていきたいのだろうか。

それとも、忘れている過去を思い出したいのか。

わからない。そのどちらもが自分の本当の気持ちのようで。


テリーは人間の世界に帰る。

自分たちは――これからどうなっていくのだろう。

木漏《こも》れ日《び》が光る森の中に、ディアンヌの足音だけが響《ひび》いていた。

7

それから――月日はまた流れた。

ずっと変わらないかに思われた、ふたりの日々。

けれども――その日は、突然《とつぜん》訪《おとず》れた。

「ねぇねぇ‼　今日は久しぶりに、狩人《かりゅうど》のおじちゃんの小屋に遊びに行ってみよーよ！」

ディアンヌがそう言い出したのは、ある昼下がり。

「うん、行こうか。ここ最近会ってなかったもんね」

そう言って、狩人の男の家へと向かったふたりは、そこで、驚《おどろ》くような光景を目にする。

以前は、あの狩人の男の小屋がぽつんと一軒《けん》、木立に囲まれて建っていただけの谷間に、小さな集落が出来ていたのだ。

茂《しげ》っていた灌木《かんぼく》は切り開かれ、周りには畑も作られていた。たくさんの小さな家の煙突《えんとつ》からは炊事《すいじ》の煙《けむり》が立ち上り、子供たちが駆《か》け回《まわ》って遊んでいる。

その場所に、もう、あの狩人の男はいなかった。

彼《かれ》にそっくりな、孫だという男がふたりを出迎《でむか》え、彼はもう亡《な》くなったこと、自分たちはこの村に定住し、時々来る行商から商品を買いつけて雑貨屋を営んでいることを教えてくれた。

ディアンヌとふたり、集落をあとにして家路をたどりながら、ハーレクインは、さっき見た光景を思い出す。

たくさんいた子供たち。彼《かれ》らそれぞれに両親がいて、家があって。

父親によく似た子。母に似た子。あるいは、祖父母に似ている子。

村の周りには薔薇《ばら》の垣根《かきね》がめぐらされ、畑には青々とした野菜や麦の穂《ほ》が、谷を渡《わた》る風に揺《ゆ》れていた。

いったい、どれだけの月日が流れたのだろう。

自分には、ついこの間のことのように感じられるのに。

あの狩人《かりゅうど》の男が作り方を教えてくれた、山鳥のスープや、熱冷ましの薬。

いつかの笛《ふえ》吹《ふ》きの少年も、もしかしたらもう、この世にいないのかもしれない。

自分たちがあの森で過ごしていた変わらない日々の間に、それでも彼らは、あの、小さな体と、魔力《まりょく》も何もない小さな手で、こつこつと森を切り開き、畑を耕し、家を建て、少しずつ増えていった――……。

「知ってる？　ディアンヌ。人間は寿命《じゅみょう》が短い種族だから――『結婚《けっこん》』っていってね、他人同士が一緒《いっしょ》になって命を繋《つな》いでいくんだって」

ハーレクインがそう言うと、ディアンヌは、しばらくだまっていた。

だが、やがて、ぽつりと呟《つぶや》く。

「……うらやましいなぁ」

「え？　寿命《じゅみょう》の短い人間が？」

ディアンヌは答えなかった。少し寂《さび》しそうな顔で、森の木々の間を見透《みす》かしながら言う。

「……ハーレクインは、ボクのこと、好き？」

突然《とつぜん》の問いかけに、ハーレクインは真っ赤になった。だが、なんとかかぼそい声で、うん、とうなずく。

「この前、ボクのお願い、なんでもひとつだけなら叶《かな》えてくれるって言ったよね？」

「え？　あ……ああ、言ったかな」

それは、追いかけっこの遊びをしていたときのたわいない約束だった。だが、ディアンヌは、少し頰《ほお》を染めながら、ハーレクインを見つめた。

「じゃあ……ボクをずっと好きでいて」

絶句したハーレクインに、恥《は》ずかしくなったのか、ディアンヌはくるりときびすを返し、森の中を駆《か》けていく。

ハーレクインは、その後ろ姿に慌《あわ》てて叫《さけ》んだ。

「や……約束するよ！　キミをずっと好きでいるし、ずっとそばにいるよ‼」

ディアンヌは、一瞬《いっしゅん》立ち止まり——けれども、振《ふ》り向《む》かず、念押《ねんお》しするように言う。

「ずっと好きでいてくれればいーの！」

その言葉に——ハーレクインは、何か引っかかるものを感じた。

どうして？　と聞き返そうとした彼《かれ》の耳に——ふと、聞き慣れない音が聞こえる。

「……なんの音だ？」

木立を透《す》かして、ハーレクインは音のした方を見た。

ガラガラ……ガラガラ……と音を立てながら、遠くの道を、馬に引かせた荷車が通っていく。

「荷車の音か……確か、行商が来るって言ってたっけな……」

小さな屋根のついた車に、たくさんの布の袋《ふくろ》が詰《つ》まれているのが見えた。壺《つぼ》や食器、鍋《なべ》などの日用品や、鍬《くわ》や鋤《すき》などの農機具、剣《けん》もあった。

足場の悪い山道を、木で出来た車輪が小さく跳《は》ねながら進んでいく。

（行商……荷車……雑貨……）

その音。その言葉。その響《ひび》き。

ハーレクインは、空中にとどまりながら、ぼんやりと荷車を見送った。

そして——それが、きっかけだったのだ。

パズルの最後のピースがはまるように——彼《かれ》はその夜、すべてを思い出した。

左目を眼帯で隠《かく》した老戦士が、妖精《ようせい》たちを叩《たた》き伏《ふ》せている。

血まみれでつり下げられ、あるいは地面に倒《たお》れ伏《ふ》した妖精たち。

その中に——ヘルブラムがいた。

『きっと狙《ねら》いは妖精《われわれ》の羽だ‼　妖精《われら》の羽が長寿《ちょうじゅ》の薬になると信じる人間もいるとか……』

『妖精王！　このままでは彼らは——‼』


悪夢を振《ふ》りきって飛び起き、ハーレクインは呆然《ぼうぜん》とする。

どうして、こんな大切なことを忘れていたのだろう。

「オイラは……妖精界の神樹《しんじゅ》に住む妖精の……王で」

そう——彼はただの妖精ではなく、唯一《ゆいいつ》絶対の妖精王。

「たくさんの仲間と……たったひとりの妹がいて……」

白いドレスのエレイン——いつも小言を言っていた、しっかり者の妹。

「神樹を通し——妖精界とこの世界を繋《つな》ぐ、〈妖精王の森《ようせいおうのもり》〉を見守っていた」

天を貫《つらぬ》き地に根を広げる巨大《きょだい》な神樹。枝に架《か》かる虹《にじ》。幹の洞《ほら》には遠くの世界の出来事が鏡のように映る。

「けど……人間に興味を持っていた友だちが、悪い人間に騙《だま》され、連れ去られたんだ」

そうだ。人間好きの変わり者、ヘルブラム。いつも陽気な楽天家。

人間は、妖精《ようせい》にない「文化」や「考え方」をいろいろ持ってるんだ、と笑っていた。

人間を信用しすぎるといつかひどい目に遭《あ》うぞ、と言ったら、やっぱり笑ってこう言った。

『そんときは俺《おれ》っちを止めてくれよ‼　親友のチミがさ！』

そして——案の定、行商人を装《よそお》った悪人に騙されて捕《つか》まった——……。

「オイラは……それを追って……こっちの世界へ」

エレインに止められたのを振《ふ》りきって。

『兄さんなしに、森をどうやって守ればいいの？』

『行かないで兄さん……私をひとりにしないで』

あれは——何百年前のことになるのだろう？

ヘルブラムを助けるために、妖精界を飛び出したハーレクインは、けれども間に合わなかったのだ。

背中を斬《き》り裂《さ》かれ、羽をもぎ取られて殺されていた仲間たち。

まだわずかに息のあったひとりを抱《だ》き起《お》こして、しっかりしろと声をかけている間に、ハーレクインの後ろに忍《しの》び寄《よ》っていた眼帯の老戦士。

ふいをつかれ、斬りつけられたハーレクインは川へ転落し——やがて、下流の岸辺で、ディアンヌに拾われた。

その時には、記憶《きおく》を失っていて——……。

「……オイラは……」

ハーレクインは拳《こぶし》を握《にぎ》りしめる。

ヘルブラムと仲間たちも救うことが出来ず、妖精界《ようせいかい》も、〈妖精王の森〉も放り出して。

自分だけ、ここで、何もかも忘れて幸せに暮らしていた——……。

それは——もう取り返しがつかない。


そのときだった。

突然《とつぜん》、ドドーン、と、何かが爆発《ばくはつ》するような激しい音が外から聞こえ、ハーレクインとディアンヌは慌《あわ》てて住処《すみか》を飛び出した。

「ああっ！　あれは、炎《ほのお》……？」

丘《おか》の向こうの空が真っ赤に染まっているのが見える。

「集落の方向だ‼」

昼間に遊びに行ったばかりの、あの人間の村が燃えているのだ。

ただの火事ではないのは明らかだった。何か恐《おそ》ろしいことが起きているに違《ちが》いない。

「早く行こう⁉」

「危険だ‼　ディアンヌはここにいて‼」

ハーレクインはきっぱりと言いきった。

その顔は、いつもの少しぼんやりした少年のものではない。

強大な魔力《まりょく》で〈妖精王の森〉を守護し、人間たちに怖《おそ》れられた、妖精王《ようせいおう》の顔だった。

立ちすくむディアンヌを残し、ハーレクインは宙に舞《ま》い上《あ》がる。

「オイラがひとりで行く……それが終わったらオイラは――……」

それが終わったら。

妖精界へ帰らなくてはならない。

妖精王としてのつとめを果たすために。

だが、彼《かれ》がそれを口に出す前に、ディアンヌは、寂《さび》しく微笑《ほほえ》みながら言った。

「……お友だちを捜《さが》して、みんなのところへ帰ってあげて」

ハーレクインは、一瞬《いっしゅん》動きを止めた。

『約束するよ！　キミをずっと好きでいるし、ずっとそばにいるよ‼』

『ずっと好きでいてくれればいーの！』

あのときのやりとりがよみがえる。

ディアンヌは——もうわかっていたのかもしれない。

だからあのとき、そばにいるという彼《かれ》の言葉をさえぎったのか。

それが、守られない約束だと気づいていたから。

ハーレクインは振《ふ》り返《かえ》る。

ディアンヌは笑っている。けれどもその大きな紫《むらさき》の瞳《ひとみ》には、涙《なみだ》がいっぱいにたまっていた。

自分を一番必要としてくれているのは誰《だれ》か。

ハーレクインは、そのことをはっきりと知った。

「キミの元に必ず戻《もど》る。約束するよ」

その言葉に、ついにディアンヌの目から、ぽろりと涙がこぼれ落ちた。

「……っ、うん！」

うなずきながら手を振るディアンヌをあとに残し、ハーレクインは集落へ向けて飛んだ。

8

「ひどい‼」

全速力で丘《おか》を、森を飛《と》び越《こ》えてきたハーレクインが目にしたのは、あまりに恐《おそ》ろしい光景だった。

昼間に、煙突《えんとつ》から炊事《すいじ》の煙《けむり》を漂《ただよ》わせていた小さな家々はすべて炎《ほのお》に包まれている。

道や広場は、人々の遺体で埋《う》めつくされていた。

「全員、背中を斬《き》り裂《さ》かれ死んでいる……」

ハーレクインたちをもの珍《めずら》しそうに見上げていた子供たちも。

家の窓から身を乗り出して笑っていた女性たちも。

「……！」

〝狩人《かりゅうど》のおじさん〟の孫だといった、あの男も倒《たお》れていた。ハーレクインはその傍《かたわ》らに舞《ま》い降《お》り、抱《だ》き起《お》こす。

「…………」

彼《かれ》にも、もう息はない。ハーレクインは拳《こぶし》を握《にぎ》りしめる。

「まるであのときと同じ……」

その惨状《さんじょう》は、ハーレクインにありありと、〝あのとき〟を思い出させた。

そう、あのときも――こんなふうに、仲間たちは背中を斬《き》り裂《さ》かれて倒《たお》れていて――……。

「まさか、あの眼帯の男が⁉　いや……あれはもう数百年も前のはず。人間が生きているわけがない……」

焼《や》け崩《くず》れた家が道をふさぎ、人々の遺体をも炎《ほのお》に呑《の》み込《こ》もうとしている。

血の臭《にお》いが、物の焼ける臭いにかき消されていく。

もうもうとうずまく黒煙《こくえん》と炎の中から、ひとりの〝生きた〟人間が姿を現したのは、そのときだった。

返り血を浴びた鎧《よろい》に炎が反射している。右手にさげた剣《けん》が熱風にゆらめく。

その男の顔を見て――ハーレクインは絶句した。

鈍《にぶ》く光る金属板の眼帯。白髪《しらが》交じりの硬《かた》そうな髪《かみ》。左手に抱《かか》えた特徴《とくちょう》のある兜《かぶと》――……。

「な……ぜ……生きている⁉」

それはまぎれもなく、あのときヘルブラムを――仲間の妖精《ようせい》たちを殺した、あの老騎士《ろうきし》ではないか！

だが、老騎士の方も、ハーレクインを見て硬直《こうちょく》している。

「それはこちらのセリフだ……‼」

老騎士《ろうきし》は明らかにうろたえていた。

「チミが俺っちを助けに来たのは気配でわかっていた……だが、チミは奴《やつ》にふいをつかれ、殺されたとばかり——だから……その復讐《ふくしゅう》に、今度は奴のふいをつき、殺してやった……」

「ま……さか、その口調——……」

覚えている。その独特の訛《なま》り方《かた》——……。

「ヘルブラム‼」

そうだ。それは紛《まぎ》れもなく、この男に殺されたはずの親友、ヘルブラムのものではないか！

「その姿はなんのつもりだ⁉」

そのハーレクインの叫《さけ》びに応えるように、老騎士は、一瞬《いっしゅん》にして変化した。

若草色の髪《かみ》に琥珀《こはく》の瞳《ひとみ》の少年妖精《ようせい》——夢の中に何度も現れた、あの忘れ得ぬ親友の姿。

ヘルブラムは、静かに目を伏《ふ》せて言う。

「あの姿は、人間への憎《にく》しみを忘れんためのものさ」

人間への憎しみ、と、彼《かれ》ははっきりそう言った。

「じゃあ、この人たちはキミが⁉」

信じられない。いつも陽気に笑っていた、人懐《ひとなつ》こい彼が。

「キミは……人間が好きだったんじゃないのか⁉」

「……うん。好きだったよ」

悲しく、ヘルブラムは呟《つぶや》いた。

「弱くて愚《おろ》かでも、短い生を懸命《けんめい》に生きる人間が愛《いと》しかった……でも人間は、妖精の仲間《オレたち》を騙《だま》し、殺したんだ。たいした理由もなしに――……」

むせかえるような煙《けむり》の臭《にお》い。がらがらと屋根瓦《やねがわら》の焼け落ちる音。

ヘルブラムは薄《うす》く笑う。

「妖精の羽ってのは、いい金になるんだとさ……なぁ……金ってなんだ？」

人間の欲するものの中で、もっとも理解出来ないもの。けれども彼《かれ》らはそのために、他の大切なものを次々に失っていくことすらある――……。

「『連れてきた友だちみんなにあげるよ』なんて……ガラクタ珍《めずら》しさに仲間《やつら》を連れてったばかりに……みんな……殺された……」

うつむいた彼の目元から、ぽたり、と光るものが落ちた。

「なぁ、ハーレクイン、想像出来るか？」

赤い炎《ほのお》を反射して、それはまるで血のように見える。

「目の前でひとりひとり、羽を引《ひ》き裂《さ》きもがれるんだ‼　ゆっくりゆっくり時間をかけて……羽を傷つけないようにだとさ‼」

　メリ、メリ、ブチブチってな、と、ヘルブラムは、引きつり笑いでその残酷《ざんこく》な擬音《ぎおん》を口にする。

「今もあの音と仲間《みんな》の悲鳴が頭にこびりついてるよ‼」

　ハーレクインは唇《くちびる》をかみしめる。

　それがどんなに恐《おそ》ろしい光景だったか。

　人間が大好きで、人間を信じていたヘルブラム。

　だからこそ、それをいちばん残酷《ざんこく》な形で裏切られ——彼《かれ》は正気を失ってしまったのだ。

　ハーレクインは思い出した。ずっと前、あの笛吹《ふえふ》きの少年の言っていたことを。

　ただ人を殺して歩く、おかしなヤツがいるらしいという噂話《うわさばなし》。

　あれは——あれこそが、ヘルブラムの仕業《しわざ》だったのだ。

　高笑いするようにヘルブラムは喉《のど》をそらし、涙《なみだ》に歪《ゆが》んだ顔で絶叫《ぜっきょう》した。

「俺《おれ》っちは人間が憎《にく》い‼　だから五百年殺し続けた‼」

　熱で出来た上昇気流《じょうしょうきりゅう》が風を呼んで、谷に吹《ふ》き込《こ》む空気が獣《けもの》の遠吠《とおぼ》えのように響《ひび》く。

　ハーレクインは目を伏《ふ》せた。

（ごめんよ——ヘルブラム）

五百年。

自分がディアンヌと楽しく過ごした年月は、そんなにも長かったのか。

そして、その同じ年月の間、親友はずっと、大好きだった人間たちを殺し続ける地獄《じごく》を歩いていた。

「でも足りないんだ‼　この地上から人間を残らず殺しつくすまでは‼」

ヘルブラムの叫《さけ》びは――彼《かれ》にはまったく別の意味に聞こえた。

もう殺したくない。誰《だれ》か自分を止めてくれ――……。

『そんときは俺《おれ》っちを止めてくれよ‼　親友のチミがさ！』

そう。あのときの約束のとおりに。

ハーレクインは、傍《かたわ》らに焼け残っていた垣根《かきね》の白薔薇《しろばら》を茎《くき》ごと折り取った。

ゆっくりと振《ふ》りかぶり、妖精王《ようせいおう》の魔力《まりょく》を込《こ》める。

泣き笑いし続けるヘルブラムの胸に向け、彼はそれを祈《いの》りとともに放った。

白い薔薇《ばら》は、少年の胸に赤い花を咲《さ》かせ、真っ赤に染まって、地面に落ちた。

(本当にごめんよ……ヘルブラム)

地面に仰向《あおむ》けに倒《たお》れた親友の顔は安らかだった。

傍《かたわ》らにしゃがみ込《こ》み、冷たくなっていく彼《かれ》の額に額を合わせて、ハーレクインは涙《なみだ》をこぼす。

ハーレクインの涙がヘルブラムの顔に落ち、彼の涙と混じり合って流れていった。

(オイラは償《つぐな》わなければならない――――)

泣き続けながら、ハーレクインは思う。

(長い間……本当に長い間、友だちを苦しませたこと……その苦しみに気づけなかった罪を)

ヘルブラムの汚《よご》れた顔を袖《そで》でぬぐってやり、それからハーレクインは立ち上がった。

ゆっくりと、あたりを見回す。

もはや、炎《ほのお》は家々を焼きつくし、静まりつつあった。熱が雲を呼んだのか、さっきまで見えていた満月はかき消え、ぽつり、と雨が落ちてきた。

もうすぐ夜が明ける。

太陽が昇《のぼ》れば雲ははらわれ、虹《にじ》が架《か》かるだろう。

ハーレクインはふと、あの笛《ふえ》吹《ふ》きの少年、テレンスの言葉を思い出す。

『僕《ぼく》は、自分が怠け者《なまけもの》だったことを本当に後悔《こうかい》してる——明日は今日と同じように続くし、ちょっと怠けたってそのうち取り返せるって、そう思ってたんだ』

本当にそうだ、と、ハーレクインは思った。

今日と同じ明日が必ず来るとは限らない。

約束は、必ず果たせるとは限らない。

ゆっくりと、ハーレクインは空に舞《ま》い上《あ》がる。

早くも雲は切れて、東の空に日の出の予兆が見えていた。

いくつも続く丘《おか》の向こうから、騎馬《きば》の人間たちがこちらを目指してやってくるのが見える。

鎧《よろい》を着込《きこ》んでいるところをみると、おそらく近くの国から派遣《はけん》された騎士団だろう。あの爆発《ばくはつ》や炎《ほのお》を見た誰《だれ》かから通報を受け、様子を見に来たに違《ちが》いない。

彼《かれ》らに事情を話し、ヘルブラムに代わって罪を負う責任が、自分にはある。

それが、怠け者の妖精王《ようせいおう》としての仕事だ、と、ハーレクインは思った。

（ごめんねディアンヌ——キミとの約束は守れなかった）

せめて彼女《かのじょ》が傷つかずにすむよう、彼女の記憶《きおく》を消そう、と、ハーレクインは決心する。

日が差し始めた。
高度を上げたハーレクインの足元に、彼《かれ》らが暮らした平原と森が広がる。
今日も、滝《たき》には虹《にじ》が架《か》かっているだろうか。

彼らの家の前に、膝《ひざ》を抱《かか》えて座《すわ》るディアンヌが見えた。
ハーレクインは、涙《なみだ》をこらえながら、彼女《かのじょ》の元へ舞《ま》い降《お》りていった。

終幕　～　ending

太陽が西の山麓《さんろく》に近づき、涼風《りょうふう》が吹《ふ》き始《はじ》めた。

もう完全に消えてしまった虹《にじ》のあとに、白い雲が湧《わ》き起《お》こっている。

『それ、なんて曲だい？』

ヘルブラムに問われ、ハーレクインはぎょっとする。

「えっ、オイラもしかして、歌ってた？」

『鼻歌でね』

かあっ、と、ハーレクインは赤くなった。

『いいじゃないの。どうせ誰《だれ》も聞いてないんだし。下のふたりには聞こえないっしょ。この豚《ぶた》さんの足音でさ』

どんどこどんどん、と、ホークママの足音はリズミカルに大地を揺《ゆ》らし続《つづ》けている。

「――ずっと昔、人間の子供に教わった曲さ……『約束の虹』っていうんだ」

その少年の身内を殺したのはヘルブラムだ、ということは、ハーレクインは口にしなかった。

そんなことを言っても仕方ないことはわかっていたし、それに、何よりも、今のヘルブラムは何もかも知っているような気もしたからだ。

「約束は、虹《にじ》のように儚《はかな》いって意味なのかなぁ」

『そうかもねぇ』

ヘルブラムは笑った。

『でも、虹はまたいつか、違《ちが》う場所に架《か》かるだろ？　だから、一度破られたように見えても、違うところで何度でもやり直せるってことかもしれんよ。チミが俺《おれ》っちを、何度も救ってくれたようにさ』

「ヘルブラム……」

ハーレクインは声を詰《つ》まらせた。

兜《かぶと》の隙間《すきま》を通して見えるヘルブラムは、相変わらずのほほんとして、頭の後ろで腕《うで》を組み、ふわふわと宙に浮《う》いている。

『ああ、一番星が見えるねぇ』

彼《かれ》の言うとおり、西の空には雲の隙間に、明るく光る星がまたたいている。

やがて下の方から〈豚の帽子〉亭の玄関扉《げんかんとびら》が開く音が聞こえ、ホークのカン高い声が響《ひび》いた。

「おらおら、そろそろ次の村が見えるぞ！　開店準備するんだから、お前らも手伝えよっ」

「ほんっとに偉《えら》そうな豚《ぶた》だなコイツ」

ハウザーの呆《あき》れたような声。ギルサンダーの小さな笑い声。

やがて扉《とびら》が閉まり、また静かになる。


「…………」

ふう、と、ハーレクインはため息をついた。

今は許せない人々のことも、いつか許せる日が来るのだろうか。

そしてまた、果たされなかった約束も、形を変えて叶《かな》えられる日が。


(ディアンヌ……)

今どこにいるかわからない彼女《かのじょ》に、ハーレクインはまた、胸の奥《おく》で語りかける。

何度も虹《にじ》が架《か》かるように、何度でも思い出す。

(いつかきっと、あの約束を果たすよ――……)

きっとキミの元に戻《もど》るから。

ホークママが少しずつ歩みを緩《ゆる》め、〈豚の帽子〉亭の店内に灯《あか》りがともる。なだらかな坂道のずっと先に、人間の村の灯りがちらちらと光り始めた。

著者紹介

著者
松田朱夏《まつだ しゅか》
1968年生まれ。1995年にゲームのノベライズでデビュー、ライトノベル・漫画原作などを経て現在は児童書を中心に執筆。主な著作に「ミラクル☆コミック」シリーズ（岩崎書店フォア文庫）、『映画ノベライズ　オオカミ少女と黒王子』（集英社みらい文庫）、『ジロキチ新説鼠伝』（富沢義彦と共著、白泉社招き猫文庫）、『ルパン三世～五右ェ門登場編』（原作・モンキーパンチ、双葉社ジュニア文庫）、『小説　映画　溺れるナイフ』（講談社KK文庫）など。

原作者
鈴木 央《すずき なかば》
1994年、『Revenge』でデビュー。著作に『ライジングインパクト』『ブリザードアクセル』『金剛番長』『ちぐはぐラバーズ』など。現在、週刊少年マガジンで『七つの大罪』を大人気連載中。アニメ『七つの大罪』Blu-ray& DVDシリーズも発売中。

本書は、書きおろしです。

Cover Design: Ayumi Kaneko (hive & co., ltd.)

この本を読んだご意見・ご感想などを下記へお寄せいただければうれしく思います。
なお、お送りいただいたお手紙・おハガキは、ご記入いただいた個人情報を含めて
著者にお渡しすることがありますので、あらかじめご了解のうえ、お送りください。

〈あて先〉
〒112-8001 東京都文京区音羽2-12-21
講談社児童図書編集気付　松田朱夏先生　鈴木 央先生

★この作品はフィクションです。実在の人物、団体名等とは関係ありません。

小説《しょうせつ》 七《なな》つの大罪《たいざい》 —外伝《がいでん》—
七色《なないろ》の追憶《ついおく》

2017年2月23日 第1刷発行　(定価は表紙に表示してあります。)
2019年2月1日 第2刷発行

著　者　松田朱夏《まつだしゅか》
原作・イラスト　鈴木《すずき》 央《なかば》

発行者　渡瀬昌彦
発行所　株式会社 講談社
〒112-8001 東京都文京区音羽2-12-21
電話 編集 東京(03)5395-3535
販売 東京(03)5395-3625
業務 東京(03)5395-3615

印刷所　株式会社新藤慶昌堂
製本所　大口製本印刷株式会社
本文データ制作　講談社デジタル製作

講談社

N.D.C.913　183p　18cm　Printed in Japan　ISBN978-4-06-220420-0

kodansha

小説 七《なな》つの大罪《たいざい》 —外伝— 七色の追憶

巨人級!!
現代日本のハンジ・ゾエこと
柳田理科雄が、
巨人を科学的に調査する!
☑ 巨人は光合成で生きている?
☑ 60m級巨人の体温は602度!?
☑ 4m級巨人との競走で、勝てるのは人類ではウサイン・ボルトだけ!
☑ 巨人にはオチンチンがない。どうやって繁殖するのか?
☑ リヴァイ兵長が、人類最強なワケは?
☑ 南には300m級巨人が存在する!?
☑ 巨人とウルトラマン、戦ったら勝つのはどっち?
☑ 壁を作った人類は1人あたり毎日6万tの石材を運んだ!
☑ 立体機動装置に素人が乗ると、地面に時速78キロで激突!
絶賛
発売中!
空想科学読本
柳田理科雄
空想科学研究所主任研究員

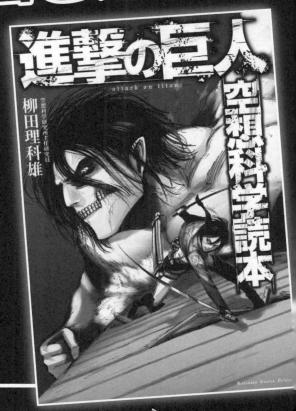